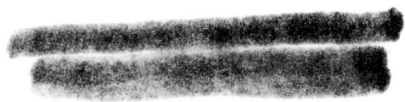

La fille bègue

Du même auteur :
Gabrielle Roy sous le signe du rêve, Le rideau se lève au Manitoba,
Sans bon sang, Le répertoire littéraire de l'Ouest canadien, Coups de vent,
Le Manitoba au coeur de l'Amérique, De fil en aiguille au Manitoba.

Les Éditions des Plaines remercient chaleureusement
le Conseil des Arts du Canada et
le Conseil des Arts du Manitoba
pour l'appui financier apporté
à la publication de cet ouvrage.

3ᵉ tirage

Photo de la couverture : Marlene Gutknecht
Photographe : Louis Bissonnette
Graphiste : Howard Laxson

ISBN 0-920944-17-5

Dépôt légal : 4ᵉ trimestre 1982, Bibliothèque nationale du Canada
Directeurs : Annette Saint-Pierre et Georges Damphousse

Annette Saint-Pierre

La fille bègue

Les Éditions des Plaines
Case postale 123
Saint-Boniface (Manitoba)
R2H 3B4

1

- Lucie! Assieds-toi!

L'institutrice n'en pouvait plus de la voir circuler d'un pupitre à l'autre. De plus, il faisait une chaleur collante en cette fin d'après-midi qui s'éternisait. Entre les fentes du plancher, qui avait été "lavé" trop généreusement par le vieux Métis, ruisselait une huile épaisse qui donnait la nausée et provoquait à l'impatience.

On était en septembre. L'année scolaire serait longue! Les vitres encrassées avaient donné rendez-vous aux mouches grasses qui se chauffaient le ventre au soleil. Si l'on pouvait ouvrir les fenêtres! Mais non, on risquait de s'éreinter. Demander aux trente-six élèves de se diviser en six groupes et de tenter l'effort? Il y avait danger de démantibuler les châssis pourris.

Lucie avait réagi en décochant un regard chargé de haine à celle qui venait de la commander. À quatorze ans, elle était encore dans la troisième année, embarrassée de la présence de sa petite soeur de neuf ans qui remportait tous les succès. Lucie regardait toujours l'interpellatrice; avec insolence, ses yeux se posèrent sur la grande croix d'argent suspendue au cou de la soeur Jeanne Mance. Cette dernière frissonna. Lucie était trop grande pour le petit bureau qui lui était assigné. Elle marchait le dos courbé en balançant deux longs bras qui auraient pu avironner un canot sur la rivière Winnipeg qui passait derrière l'école Couture. Ses jambes maigres reposaient sur des bases solides: deux énormes pieds chaussés de souliers éculés et mal lacés. Et la soeur Jeanne Mance dut détourner son regard. Elle venait de se rendre compte que Lucie lui tapait sur les nerfs.

À l'heure de la lecture, on se leva en coup de vent et on s'aligna de chaque côté de la classe. On était prêt à commencer. Lucie fouillait encore dans son pupitre. Tous les yeux étaient braqués sur celle dont les pieds raclaient maintenant le plancher. Mildred évitait de regarder sa soeur; intérieurement, elle lui criait:

- Grouille-toi donc! Si tu savais comme j'ai honte de toi.

Lucie, qui semblait vouloir attirer l'attention, était prise de panique et victime d'une lenteur excessive. L'institutrice attendait. Les garçons, moins sympathiques, gardaient leur livre de lecture collé au front; ils le baisseraient au passage de Lucie et le remonteraient après lui avoir fait un croc-en-jambe. Hélas! depuis la fois de la chute spectaculaire de la folle à Lauzon, on ne relâchait pas souvent la surveillance.

L'horloge marquait deux heures et demie. Dans une heure commencerait la classe de religion puis la cloche viendrait délivrer tout le monde à quatre heures. Lucie s'en allait prendre son rang en marchant derrière les filles qui tournaient le dos aux fenêtres. Soudain, elle s'arrête, paralysée de terreur. Elle veut parler mais aucun son ne sort de sa bouche. Pendant que ses yeux hagards cherchent ceux de l'institutrice, son doigt tremblant pointe le chemin qui va de l'école à la route.

- Sis... Sis... Sis...ter... the... the... inspector!

Le message a bondi comme un petit lapin, qui dévale une butte, poursuivi par un chasseur. Denis et John courent nettoyer le tableau; Robert décroche les cartes de phonétique française et les cache derrière l'armoire; Barry s'empare des piles de cahiers, les passe à Julius et à Louis qui les engouffrent pêle-mêle dans le bureau vide de la dernière rangée. La rondelle est au jeu pour les petits Manitobains! Ceux qui n'ont charge de rien se sont rendus à leur place — avec permission de courir — et ont échangé leur livre de lecture française contre celui de lecture anglaise.

Nerveux, sous une apparence de calme et de sérénité, les élèves fixent la porte où doit apparaître la silhouette de monsieur Aberdeen. Ils se lèveront sans faire de bruit et s'inclineront pour saluer le visiteur dans la langue de Shakespeare.

L'année précédente, quand l'inspecteur Gardner les avait surpris, tout le village en avait entendu parler. Penchés sur leur cahier d'écriture, ils s'appliquaient si bien à imiter la belle calligraphie de leur institutrice que personne n'avait songé à lorgner dehors. Il était venu deux fois le grand Anglais; il ne pouvait tout de même pas toujours être rendu à leur école. Sheila Lussier s'en souviendra jusqu'à la mort. Assise au premier banc, face à la porte, elle n'avait pas eu le temps de dissimuler son catéchisme. Vlan! Le livre "saint" avait déjà heurté un mur latéral. Stupéfiée, la petite avait ouvert les vannes et s'était élancée vers la porte. Pendant ce temps, l'inspecteur insistait pour que l'institutrice "enseigne quelque chose". Les rires fusaient dans tous les coins; la soeur Jeanne Mance avait dû sortir un grand mouchoir blanc du fond de sa poche et simuler un rhume de cerveau. La flaque d'eau de Sheila la séparait de monsieur Gardner, le seul à ne pas jouir du comique de la situation. De son côté, elle anticipait déjà la joie de raconter l'aventure à la titulaire de la deuxième année, la soeur Patricia.

Monsieur Aberdeen entra et la classe entonna:

Welcome to you, friend so dear
Happy and so full of cheer
Just to see you among us here
Gladdens all our heart sincere.
Now just take this special chair
And stay with us free from care
We, your children, love you so
Welcome to you! Oh! Oh! Oh!

Venue du Québec, la jeune religieuse n'avait pas été suffisamment instruite des lois scolaires manitobaines. Quand elle parvint à recueillir des bribes d'histoire sur la douloureuse épopée de la diaspora, elle se cabra à l'idée de se voir petite oie blanche dans une arène aussi polluée. Qui donc connaissait l'histoire du Manitoba? Elle avait vainement essayé de se procurer les livres au programme du cours secondaire. On y enseignait *Our British Heritage* et *Story of Nations*. Sur le Manitoba, rien. On ne savait même pas qui était le fondateur de la province. Où se cachaient donc les historiens de langue française? S'il y en avait, ils étaient rares et peu prolifiques.

Après le chant, en acceptant le livre de lecture des mains de l'institutrice, l'inspecteur remarqua que son bandeau empesé comme un linge d'autel avait un faux pli de chaque côté du front, et que des gouttelettes brillaient au-dessus des lèvres fraîches et charnues. Il posa une question qu'elle ne comprit pas. Comment la blâmer d'être nerveuse, sourde et muette dans une cage sale, face à un supérieur déjà antipathique? L'eau coulait sur son dos recouvert de six épaisseurs de tissu. Si ses aisselles ne se remplissaient pas jusqu'au bord, c'est que le Créateur les avait placées l'ouverture en bas. Une cigarette se serait allumée toute seule dans l'école Couture. Dieu! qu'il faisait chaud dans ce Manitoba anglais et combien détestable!

La question de l'inspecteur, posée avec plus de lenteur, ne déclencha aucun éclair d'intelligence dans les yeux de la soeur Jeanne Mance. A-t-on idée de la situation stupide dans laquelle elle se trouvait? Elle possédait un diplôme d'enseignement mais ne comprenait pas le délégué en charge de la qualité de l'éducation au Manitoba. Ah! si elle avait affaire à un parlant français! La religieuse était loin de s'inquiéter de sa cote d'évaluation. Si on décidait de l'affranchir de cette galère, elle reprendrait le chemin du Québec en jubilant. Heureusement, l'inspecteur ressemblait à Clark Gable et il avait des épaules superbes. Elle le détestait déjà moins. C'est à tout cela qu'elle songeait en l'observant à la dérobée et en ne tenant plus compte de ce qu'il voulait exactement. La voyant distraite, il allait lui en faire la remarque quand elle lui éclata de rire au nez. Qu'avait-elle de mieux à faire?

- Yes, it is behind the door, s'écria Barry qui avait tout entendu.

Barry venait de sauver l'inspecteur du ridicule et son interlocutrice d'une mauvaise note. Monsieur Aberdeen en conclut que le fait d'ignorer où se trouvait le thermomètre avait causé sa gaieté. Il ne sut jamais qu'elle avait ri parce qu'elle ne le comprenait pas et que la situation cocasse avait de quoi l'amuser: il en eut pitié et il l'aima aussitôt.

Installé au pupitre, il prit le temps d'examiner les murs fraîchement peints et décorés avec la plus stricte économie, de regarder les rustiques rayons d'une bibliothèque qui prenait naissance dans un angle de la pièce, et d'arrêter les yeux sur une plaque de marbre blanc surmontée de deux porte-plumes noirs. Comme cet article de luxe contrastait avec le meuble âgé d'un demi-siècle qui portait les empreintes de plusieurs enseignants!

- Enfin, pensa-t-il, un vent de renaissance souffle dans la classe.

Pendant ce temps, les élèves lisaient à haute voix et s'en tiraient assez bien. De temps en temps, ils souriaient à l'inspecteur qui les observait avec attention. Avait-il entendu dire que la soeur Jeanne Mance venait du Québec? Qu'elle parlait français aux élèves de l'école Couture? Qu'elle enseignait la religion catholique et surtout qu'elle n'avait pas l'accent anglais?

Le tour de Lucie arrivait. Surexcitée, elle bougeait les pieds, levait et baissait son livre; ses joues étaient écarlates et ses yeux démesurément ouverts. La soeur Jeanne Mance lui fit un signe et, en trois enjambées, Lucie fut près d'elle pour recevoir le message. Après, on vit l'élève prendre une chaise branlante qu'elle plaça près du pupitre, et sur laquelle elle déposa respectueusement le porte-documents laissé près de la porte. Le visiteur remercia la pauvre bègue qui exhala un profond soupir.

Tout à l'heure, elle serait exemptée de son martyre puisque son tour était passé. Pas d'efforts pénibles pour prononcer des mots qui ne veulent pas sortir, même si les nerfs de son cou grossissent et se durcissent comme des petits câbles. Les yeux des complices se rencontrèrent: ceux de Lucie chargés de reconnaissance et ceux de la soeur Jeanne Mance de bonté. Lucie avait tiré la soeur d'un mauvais pas, et ensuite, cette dernière lui avait lancé une bouée de sauvetage.

Pourquoi n'avait-on jamais le temps de la faire lire avant ou après les heures de classe? Elle était toujours la première arrivée, le matin, et la dernière à franchir le seuil de la porte, en fin de journée. Si on avait su lui épargner cette corvée pénible, elle aurait amélioré son débit de lecture et conservé un peu de confiance en elle-même devant les témoins impitoyables de sa vie d'écolière. Une fois, alors que l'institutrice écoutait Lucie, sans jeter un coup d'oeil sur la pile de cahiers ou sur l'horloge qui la pressait de partir, Mildred remarqua:

- Maintenant, vous êtes patiente avec Lucie, ma soeur. Est-ce que vous l'aimez?

La leçon avait porté. Savoir écouter est donc la meilleure preuve d'amitié. Oui, plus la soeur Jeanne Mance donnait audience à Lucie qui parlait continuellement sans rien dire, plus elle l'aimait. Son coeur plaignait celle qui aurait la vie longue et difficile.

Rendue en sixième année, Lucie était encore aussi dépaysée. À dix-sept ans, avec un physique qui excitait les mains des garçons de la douzième année et les moqueries des filles de sa classe, elle ne savait où donner de la tête. Elle se fâchait très souvent, courait à la sortie de l'école pour trouver refuge ailleurs. En classe, on s'adressait à elle comme à une enfant de douze ans; sur le terrain de balle — si on lui faisait le grand honneur de la laisser jouer — on exigeait d'elle une force d'adulte.

Malgré sa figure trop longue, sa bouche contractée, sa chevelure aussi mince que celle d'une petite vieille, Lucie attirait certains garçons: les sauvageons. Un jour, une commis au magasin de la Baie d'Hudson lui avait dit qu'elle avait des seins superbes: ce premier compliment l'avait fait rougir de contentement. Mais si la nature avait mieux distribué ses dons, elle aurait été invitée à faire des courses à bicyclette sur la route périphérique du village de Powerview où, les soirs d'été, les garçons et les filles de son âge se rencontraient. Prétextant du travail à la maison, Lucie s'y enfermait pour pleurer.

Dès le bas âge, elle avait eu peur de quelqu'un ou de quelque chose. Gardait-elle encore le souvenir des coups reçus de sa mère qui ne l'aimait pas, qui ne l'avait jamais aimée? Quand son père quittait la maison pour son travail, elle se mettait à trembler et courait se réfugier à la cave. Plus tard, quand on avait découvert sa cachette, on l'avait empêchée d'y aller. C'est vers l'âge de cinq ans environ qu'elle avait commencé à bégayer. Fascinée par une figurine vert clair que sa mère allait emballer pour l'offrir en cadeau, elle l'avait effleurée de son petit doigt. Sous le coup d'une taloche inattendue, elle avait trébuché et heurté la porte vitrée de la bibliothèque du salon. Un morceau de verre éclaté l'avait blessée au poignet. Après une colère terrible, sa mère avait insisté pour qu'elle mente à son père. Lucie avait eu peur, très peur. Saurait-elle répéter exactement ce qu'on avait inventé pour elle? C'était si compliqué. Le soir, elle s'était entendue parler d'une façon nouvelle. Un peu comme dans un cauchemar. Parce que les sons ne sortaient pas, elle avait dû faire des efforts pour arriver à articuler:

13

- C...C...C...C...C'est m...m...m...mmm...ma faute.

Le père n'avait pas insisté, sidéré de voir bégayer ce petit bout de femme. Il l'avait simplement prise dans ses bras et il l'avait bercée bien gentiment. À dix-sept ans, Lucie bégayait encore.

Un soir, on avertit la soeur Jeanne Mance qu'elle était demandée au parloir. Une grande dame, à la taille non épaissie en dépit de la dizaine d'enfants issus de son sein, se présenta. Madame Lauzon raconta longuement ses déboires avant d'en arriver au but de sa visite.

- Lucie n'a pas de talent pour le "Junior High", encore moins pour le "High School". Impossible de lui apprendre à nettoyer la maison, faire le lavage ou la cuisine. Elle a une vraie tête de pioche. Elle est trop sans-dessein pour se décrocher un homme. Alors, dit en terminant la femme blonde au teint de satin et aux yeux bleu profond, pouvez-vous la prendre chez les soeurs?

Tout estomaquée, la pauvre nonne ne sut comment relancer le débat. Les communautés étaient donc des refuges pour les filles qui ne réussissaient pas à se "décrocher" un homme? Avec des termes délicats, elle essaya de faire comprendre à madame Lauzon le but de la vie religieuse selon le catéchisme des voeux qu'elle mémorisait pour le réciter, le dimanche, à la soeur supérieure.

- Mais Lucie ne pourra jamais enseigner.

- Elle pourra faire la cuisine.

- Mais, vous venez de me dire qu'elle ne peut rien apprendre.

- Les autres l'aideront, dit la dame. Il faut être charitable.

- Mais Lucie n'a pas beaucoup de santé.

- Les soeurs mangent bien; elle pourra se remplumer.

- Lucie va s'ennuyer au Québec, toute seule pendant deux ans.

14

- Elle est capable de "tougher" comme les autres.

La soeur Jeanne Mance commença à discourir en employant des expressions comme "gloire de Dieu" et "salut des âmes", tout un vocabulaire assommant pour la pauvre femme qui se leva un peu abasourdie et prit congé de celle qui était trop instruite pour elle.

En quittant le petit trottoir de bois qui conduisait à la route de gumbo, elle se mit à marcher comme un canard en levant les pieds et en maugréant:

- Maudit! Pas moyen de leur coller ma Lucie.

2 Comme toujours, les jeunes se bousculaient à la sortie de la salle de cinéma à Pine Falls. Vêtue d'un pantalon bleu marine et d'un "parka" blanc, Lucie affichait un air mécontent. À minuit, être obligée de marcher un mille et demi avant d'arriver au village de Powerview n'avait rien de réjouissant; aussi, elle regrettait d'être venue en apercevant les couples s'engouffrer dans des voitures chaudes et confortables.

- Personne pour m'offrir une "ride". On me laisse toujours seule, gémit-elle intérieurement.

La sourde colère fut suivie d'un vent de jalousie. Toutes les filles de son âge allaient au cinéma et au restaurant avec des garçons; elles se baladaient en voiture en fin de semaine. Elle, personne ne la voyait. Tout à l'heure, Eileen l'avait ignorée alors qu'elle s'accrochait au bras de Louis Johnson;

Doris, à qui elle avait prêté un disque, s'était détournée d'un air hautain au comptoir de "popcorn".

- Chienne de vie!

Ses deux grands pieds frappaient le sol blanc et moelleux. Depuis deux semaines environ, les décorations de Noël embellissaient les maisons de Pine Falls. De l'intérieur, les guirlandes et le sapin traditionnels invitaient à la chaleur d'un foyer heureux. Les maisons sont grandes et construites en briques parce que les habitants reçoivent de bons salaires au moulin à papier: ainsi, Lucie se rendait compte de la différence entre les maisons cossues des Anglais à Pine Falls et les bicoques des Canadiens français et des Métis à Powerview.

Les Anglais ont leur école, leur magasin, leur cinéma, leur salle de danse, leur église, leur hôtel, leur terrain de golf, leur piscine. À Powerview, on a des cabanes délabrées et des rues non pavées. Le curé disait qu'il fallait commencer par installer des égoûts avant de rêver à des trottoirs: il devait d'abord en convaincre les conseillers de la municipalité. Quand il voulait quelque chose, il l'obtenait toujours. En attendant, il fallait patienter, payer cinq cents le baquet d'eau potable et se contenter d'une latrine derrière la maison.

Engagée dans le sentier du terrain de golf, Lucie fut aussitôt transie de froid. Elle releva son capuchon, renifla comme d'habitude, pensa aux gants de laine de sa soeur Jeanne et se demanda tristement pourquoi elle était allée voir *The Crippled Girl*.

- F...F...Folle! J'...J'...J'ara dû pas venir.

Le sort de l'infirme dans le film l'avait émue: en le comparant au sien, elle s'aperçut du vide qui l'entourait. S'efforçait-elle d'aller vers les autres, d'offrir ses services et de refuser toute rémunération, on n'avait jamais besoin d'elle. On l'isolait parce que son bégaiement énervait. Pourtant, elle avait des choses à dire; elle voulait s'intéresser aux activités du village et trouver le moyen d'y collaborer. La vedette du film avait une mère qui l'aimait. Tandis qu'elle...

18

- Ouf! Y'en a d'la neige. J'a...J'a...J'ara dû rester dans le chemin.

Mais c'était pour cacher la honte de sa solitude qu'elle passait toujours à travers champs. La dernière fois qu'elle avait emprunté le chemin, n'avait-elle pas entendu fuser des rires venant de voitures qui passaient près d'elle en klaxonnant? Levant les yeux vers l'endroit habité par des êtres qui l'aimaient peut-être, elle entendit:

- Regarde les fées qui dansent pour toi.

Lucie s'arrêta émerveillée à la vue du panorama nocturne. Dans le ciel immense, froid et noir, alors que le thermomètre indiquait sûrement -40°F, des voiles blancs s'enroulaient et se déroulaient pendant des milles et des milles. La vitesse avec laquelle les arcs lumineux se tordaient la fascinait. Déjà, alors qu'elle patinait sur la rivière Winnipeg, elle avait admiré des aurores boréales. Ce soir, quelqu'un l'aimait pour lui offrir un spectacle qui réchauffait son âme engourdie de givre et de mélancolie. Immobile, dans le silence glacé d'un vingt-trois décembre, elle garda la tête levée désirant s'emplir les yeux de beauté.

Mais, hélas! devant la froidure à pierre fendre, la longue distance à parcourir, le coeur lui saignait plus qu'à l'accoutumée et elle souhaita disparaître à jamais. Dans un "reader du Grade IV", on disait que mourir de froid ne cause aucune souffrance. La gelée engourdit les membres et on se sent comme un malade qui vient de recevoir une "hypo". L'infirmière, qui l'avait soignée pour une intervention chirurgicale dans le dos, lui en donnait une, trois ou quatre fois par jour: elle en était venue à souhaiter cette injection qui lui apportait un bien-être.

Ses dents claquaient et criaient sous le vent du Nord qui lui entrait par l'ouverture du collet et des manches, allant jusqu'à s'engouffrer dans le dos de son anorak trop court. Les fesses lui gelaient maintenant; d'un main gourde, elle tirait inutilement sur le haut, l'arrière ou l'avant d'un vêtement

19

confectionné pour un climat plus clément. Mourir... Se laisser glisser dans le lit de neige et attendre que le coeur discontinue son toc toc. Mourir, seule et abandonnée...se réveiller dans la paix. La figure de son père passa devant elle. Non, le pauvre homme en endurait assez sans apprendre que sa fille avait fait une folie.

Elle hâta le pas dans la dernière partie de la sente avant d'atteindre la route, puis la coulée! Comme elle avait peur de descendre dans ce trou! Si quelqu'un s'élançait de dessous le pont et l'entraînait dans le bois couvert à côté! Pour chasser sa frousse, elle entonna à tue-tête "My Bonnie is over the ocean".

- Lucie, viens avec nous autres.

Pas possible! On l'appelle par son nom. On la connaît. Une auto bleue arrête le long de la route et l'un des occupants en descend pour l'inviter à monter. À la vue du jeune homme, une voix s'élève en elle:

- Ne monte jamais dans une auto avec des étrangers.

Mais le sage avertissement de son père est étouffé par le froid polaire et la longueur de la route. Si elle refuse cette chance, elle souffrira d'engelures toute la nuit. S'avançant près du garçon qui tient la portière ouverte, Lucie se penche et rencontre le sourire affable du chauffeur. Ne pouvant encore parler parce qu'elle a la figure coupée par le froid de loup qui s'est abattu sur elle au sortir de la salle surchauffée, elle monte vite dans la voiture et s'asseoit entre les deux inconnus.

Au petit matin, Lucie se réveilla étendue sur le sofa de madame Lenoir. Penchée au-dessus d'elle, la vieille bouche édentée lui raconta qu'elle avait entendu frapper de grands coups à la porte de la cuisine vers trois heures du matin. Par la fenêtre, elle avait vu une voiture bleue, qui filait à toute allure, passer sous le réverbère du coin; ensuite, elle était sortie sur la véranda pour secourir la femme qui s'y trouvait allongée.

- C'était toi, Lucie. Tu te lamentais mais tu pouvais pas

parler. Je t'ai entrée puis je t'ai couchée ici.

- M...M...M...Ma...dame Le...noir. J'ai mal au ventre.

- Mon Dieu! Qu'est-ce qu'on t'a fait?

- J...J...J'sais pas. J...J...J'ai mal au ventre. Ça brûle.

Et Lucie éclata en sanglots, en se retournant sur le sofa branlant. Elle venait de comprendre.

Malgré les supplications de Madame Lenoir, la fille s'était traînée chez elle vers six heures du matin pour se dérober à la litanie de questions, mais plus encore pour échapper à la colère de Martha Lauzon qui dormait tard le matin. Une seule chose importait: rentrer en sourdine et se laver au plus tôt. Elle savait maintenant ce qui était arrivé: dans la voiture, elle avait accepté une gorgée d'alcool pour se réchauffer, et après...après...c'était plus vague...la voiture s'était arrêtée devant le motel au bout du village, une autre gorgée avait suivi la première, un verre ou deux pour chasser le froid de ses veines glacées.

Vers huit heures, elle décida de se rendre à la messe du vicaire Giroux. Une fois, ce prêtre l'avait écoutée raconter son aventure avec le bonhomme Marcil, le vieux qui la payait trop largement pour le nettoyage de son logis. Lucie n'avait deviné le motif de sa générosité que le jour où il avait essayé de la traîner dans son lit, soufflant et agonisant comme un vieux boeuf. Plus agile que lui, elle s'était enfuie non sans l'avoir roué de coups. Le prêtre québécois l'avait félicitée de sa hardiesse et lui avait adressé de sérieuses recommandations au sujet du célibataire vicieux.

Sa déception fut si grande en apercevant le curé Poitras à l'autel qu'elle se mit à pleurer et s'élança aussitôt hors de l'église. La neige tombait à gros flocons, taquinée par un vent tiède et caressant. Le dos rond et la queue battant l'air comme un drapeau, un grand chien noir à l'oeil menaçant s'attacha aux pas de Lucie. Si elle court, il jappe, si elle ralentit, il flaire ses jambes et ses cuisses. En se dirigeant vers le presbytère elle est torturée par une gêne nerveuse. Ah! si

21

le curé Poitras ne parlait pas si fort et n'avait pas toujours l'air fâché, elle retournerait à l'église au lieu d'aller déranger le vicaire à huit heures du matin. Faisant volte-face, elle rebrousse chemin et s'achemine plutôt vers la maison de sa tante Stella. Docile, le chien s'installe près des marches du perron après la caresse timide et le murmure de Lucie:

- Un chien seul. Abandonné comme moi.

Paul Saint-Onge, son oncle, quitte la maison très tôt le matin pour se rendre à l'épicerie. Type jovial et fringant, il la taquine sans méchanceté, en plus de lui manifester de la patience en l'écoutant. Sa tante Stella peut bien être heureuse avec un homme comme lui. Quelle chance elle a! Un si bon mari ce Français! Son père, Albert Lauzon, est bon aussi, trop bon, selon les chuchotements étouffés de deux femmes, un soir, dans la cuisine de la salle paroissiale. Lucie n'a jamais vu ses parents s'embrasser, rire ensemble, se faire des surprises ou des caresses comme les Saint-Onge qui nagent sans cesse dans une joie neuve.

- Entre, Lucie, viens prendre une tasse de café. Je faisais la paresse avant de commencer la toilette du bébé, dit Stella en ouvrant la porte avec empressement.

La jeune femme souriait toujours, parlait doucement et laissait aux autres le temps de vivre; surtout, elle ne jurait pas comme Martha, son aînée, qui n'avait pas eu le privilège d'être pensionnaire dans un couvent. Ce n'est pas chez Stella que l'on entendait de l'anglais; fière de sa langue, elle commandait régulièrement des livres de France, et assistait aux pièces de théâtre jouées par les deux troupes de Winnipeg. L'oncle Paul disait que sa femme était une "real lady" avec un accent français que Lucie trouvait savoureux.

Une fois la conversation engagée, le café se refroidit et tomba dans l'oubli. On parlait trop sérieusement.

- Connais-tu les garçons qui t'ont violée?

- N...N...Non.

- Pourrais-tu les identifier si tu les revoyais?

- N...N...Non.

- Tu pourrais t'adresser à la police parce que le viol est une offense criminelle qui nécessite une enquête sérieuse. Mais, est-ce que tu veux ébruiter la chose?

- N...N...Non.

La tante avait parlé longuement d'une naissance possible en laissant entendre qu'il valait mieux la désirer. Parce que l'enfant allait naître sans la présence d'un père affectionné, elle devait lui prodiguer deux fois plus de soins. Le coeur de Lucie s'éprenait du petit être fragile en se promettant de l'aimer de toutes ses forces; déjà, elle se sentait moins seule.

- Lucie, ne confie à personne cette histoire, pour le moment. Tu vas voir mon médecin quand je lui aurai parlé de toi au téléphone. Il importe de savoir si tu es contaminée ou pas.

- V...V...Viens...

- Oui, d'accord, j'irai avec toi. Mais aujourd'hui, Lucie, tu n'iras pas à l'école; tu es toute cernée et tu ne peux même pas parler tellement tu tombes de fatigue. Tu vas prendre un calmant et te coucher dans ma chambre. J'appellerai ta mère et lui dirai que j'ai absolument besoin de toi.

En peu de temps, Lucie s'endormit dans des draps propres pour ne s'éveiller que vers trois heures de l'après-midi. La voyant nerveuse et impatiente de rentrer chez elle, Stella lui annonça que sa mère était partie jusqu'à mercredi, sans prévenir son père, comme d'habitude. Et ce, la veille de Noël!

Le jour où elle se présenta chez sa tante pour lui donner le résultat du deuxième examen médical, Lucie était méconnaissable. La poésie de la maternité s'était estompée. Clignant des yeux, promenant ses mains dans le vide et piétinant sur place entre cuisinière et table, elle répétait avec un accent tourmenté:

- I'm pregnant.

Elle voulait partir de Powerview. Aller n'importe où et ne

23

jamais revenir.

- Lucie, tu dois avertir ta mère, dit la tante très doucement.

L'idée de faire face à sa mère eut l'effet d'une douche écossaise. Abasourdie, elle remuait les lèvres avec énergie, secouait la tête d'un geste entêté qui signifiait NON, et reculait en se tenant le ventre. Non, jamais, elle n'oserait parler à sa mère. Surtout pas à sa mère. Jamais, jamais, jamais.

- Je te jure qu'elle comprendra, Lucie. Je te dirai plus tard sur quoi je me base pour l'affirmer. Tu dois me faire confiance.

- She's...g...g...going to kill me.

Que faire pour trouver le moyen de garder Lucie auprès d'elle pendant quelques jours? La tante devait ruser depuis que sa soeur avait remarqué l'assiduité de sa fille chez elle: il fallait absolument éviter tout soupçon. Elle téléphona à Martha, parla de tout et de rien, mais surtout des vertiges dont elle souffrait dernièrement. Si elle pouvait avoir l'aide de Lucie tant qu'elle ne serait pas mieux, Paul serait moins inquiet. À l'école, l'absence de l'élève médiocre n'étonnait plus les institutrices, déjà conscientes du fait que la mère la retenait à la maison sans se soucier des conséquences. Que de fois, on avait tâché de convaincre madame Lauzon que Lucie n'était pas dépourvue de talent! Si elle ne manquait pas les classes si souvent, elle serait moins nerveuse, puisque l'ignorance des choses expliquées antérieurement l'humiliait et la paralysait de honte devant les jeunes élèves.

Les jours passaient. Lucie étouffait toujours son secret. Éveillée, un lundi matin, par une nausée soudaine, elle décida de mettre sa mère au courant de son état. Depuis qu'elle était enceinte, elle avait perdu le sommeil et l'appétit, ne sortait que pour aller à l'école, et se mettait au lit très tôt. Après une remarque de sa mère la menaçant de l'empêcher de revoir Stella, elle ne lui parla qu'au téléphone ou au magasin Co-op

24

pour ne pas être privée de son seul réconfort. Dans le village, les amies de madame Lenoir répandaient la nouvelle en ajoutant: "C'était une si bonne fille". Un jour, après avoir croisé deux championnes de la médisance et de la calomnie, la future maman avait détourné la tête. Horreur! Les commères se tenaient immobiles sur le bord du chemin pour la mieux observer. La mèche était bel et bien éventée! De son côté, la tante Stella l'encourageait en lui promettant de la prendre avec elle au lac du Bonnet quand elle perdrait sa taille. Située près de la rivière, la maison de campagne était entourée de nombreux conifères; Lucie pourrait se sauver dans sa chambre si quelqu'un arrivait. Le grand air, les bons repas, la tranquillité lui seraient bénéfiques car elle était tout en nerfs.

C'est de tout cela que Lucie devait discuter avec sa mère. Ah! si elle faisait comme la tante Stella: retarder la lessive et boire une tasse de café avec elle, elle n'aurait pas le haut-le-coeur qui la torturait en descendant les marches conduisant au sous-sol. Le pressentiment d'une colère ou d'un refus de l'écouter la faisait trembler de frayeur. Quand elle vit sa mère, la tête en broussailles — elle était rentrée encore saoule la veille au soir — les yeux pochés et les mains plongées dans une énorme cuve, Lucie comprit que l'attaque serait dure. Sans lui laisser le temps de relever la tête, espérant ainsi ramasser plus de courage si les yeux courroucés ne la figaient pas sur place, elle lança d'un ton ferme mais saccadé:

- M...M...Mom, I'...I'm... preg...preg...pregnant.

Voilà, c'était dit. L'espace d'une seconde et celle qui portait un enfant fut poussée contre le mur sur lequel elle aurait pu s'assommer. Elle avait entendu crier:

- Ma putain!

Ne pouvant se mettre debout parce que sa mère la secouait par les cheveux, Lucie voulait mourir. Son crime était-il si grand? Pourtant, la tante Stella, l'oncle Paul, et le vicaire Giroux, au confessionnal, n'avaient pas agi de cette façon sauvage.

Le soir, après le coucher des plus jeunes, madame Lauzon lança à brûle-pourpoint que Lucie était "partie pour la famille". La bombe alluma un feu de reproches et d'insultes dans la bouche de Florence et de Jeanne. La discussion s'envenima et l'on décida de l'envoyer chez les religieuses du Bon Pasteur à Winnipeg. René essaya de défendre la cause de sa soeur en insistant pour qu'on acceptât le plan de Stella. Hélas! rien au monde ne ferait changer d'idée aux entêtées qui se débarrasseraient de la salope le plus vite possible. Le coeur de René se réveilla soudain à la vue de Lucie, la figure enflée et toute en larmes, les frêles épaules courbées dans une attitude de désespoir. Son oncle Paul ne lui avait-il pas dit dernièrement qu'elle pourrait faire une dépression nerveuse? D'un bond, le grand garçon de dix-neuf ans se leva: sa main décidée attrapa un coupe-vent au passage et la porte claqua. Pris par surprise, les murs et les fenêtres répondirent en gémissant. C'est lui qui apprendrait la nouvelle à son père en insistant sur le manque de coeur de sa mère et de ses deux soeurs.

Marchant à grands pas, il entretenait le feu de sa révolte contre la bise de mars qui hurlait et le forçait à ralentir, surtout aux abords de la coulée. La voiture de monsieur Desrochers s'arrêta quand Albert Lauzon eut reconnu son fils se dirigeant vers le village de Pine Falls. À onze heures! un soir de tempête! Que se passait-il donc? Sans dire un mot, René monta dans l'auto et s'installa sur la banquette arrière: son père comprit qu'il était venu au-devant de lui pour parler seul à seul. Le reste du trajet, les deux ouvriers, abattus par la chaleur et la fatigue du jour, respectèrent le silence du jeune qui ne desserra pas les dents avant d'arriver au magasin Moscovitch. Là, les deux Lauzon descendirent pour ne pas obliger Desrochers à effectuer un virage à droite et un détour pour reprendre sa route.

En traversant la cour du magasin et en zigzaguant entre les maisons, René apprit à son père le drame de Lucie et la méchanceté des autres à son égard. Pourquoi sa mère et ses soeurs ne secouraient-elles pas celle qui avait été victime de sa naïveté? Puisqu'on ne s'était jamais occupé de l'existence de Lucie, sauf pour la commander de servir, pourquoi la blâmer de ce qui lui était arrivé dans un village où circulaient des étrangers de tout acabit?

Ce soir-là, quand Albert pénétra dans la maison et se dirigea vers le salon, avant même d'enlever ses grosses bottes de travail, on fut surpris de lui voir tant de fermeté dans la démarche et de colère dans le ton de sa voix.

— Allez toutes vous coucher, cria-t-il, Lucie ira chez Stella demain matin.

Il n'ajouta rien sachant bien qu'il ne devait pas agir sous le coup de l'émotion. Les orgueilleuses pharisiennes baissèrent les yeux, se rendant compte qu'il n'accepterait aucune réplique. L'homme doux, mais capable de scènes terribles, resta planté debout pour retenir au passage celle qui était l'objet de la dispute:

— Reste une minute pour prendre un chocolat chaud avec moi, murmura-t-il en tendant gauchement deux bras robustes.

C'est à lui que Lucie raconta ce qu'elle avait voulu expliquer à sa mère le matin même. Pendant des semaines et des semaines, elle avait répété en silence ou à haute voix pourquoi elle était montée dans la voiture, pourquoi elle n'était pas responsable de cette grossesse et pourquoi elle désirait tellement aller chez la tante Stella. Le père essayait de cacher le choc que lui causait toute cette histoire. Bien sûr, les mauvaises langues du village s'attaqueraient de nouveau à la réputation de la famille Lauzon, mais il fallait d'abord songer à Lucie. L'accueil chez les Saint-Onge lui permettrait de vivre dans une famille au lieu d'un couvent où elle serait gênée avec des inconnues. Deux fois, la main d'Albert se posa sur l'épaule de Lucie qui pleura davantage en découvrant la tendresse de son père. Cet homme silencieux et distant avait un coeur bon et compréhensif! Il l'aimait donc! D'un geste spontané, Lucie se leva et se jeta à son cou. La tête appuyée dans le creux de son épaule, elle articula avec hésitation un chaleureux merci empreint de sincérité et de passion.

3 Rendue chez Stella, Lucie quitta l'école pour commencer une vie de recluse. Au quatrième mois de sa grossesse, son état aurait pu passer inaperçu si les commérages avaient été moins contagieux. Que de gorges chaudes parce que la folle à Lauzon était enceinte sans savoir de qui! Quand Paul se rendait à Winnipeg, à la demande de son patron, Stella et Lucie l'accompagnaient. Pour cette dernière, c'était une semaine d'excitation car on parlait du voyage trois jours à l'avance, ainsi que le lendemain et le surlendemain de l'excursion.

Descendues dans l'avenue Portage, les deux femmes entraient d'abord chez Eaton, se dirigeaient ensuite vers le magasin de la Baie d'Hudson et, une fois les emplettes terminées, se retiraient dans un restaurant de la rue Edmonton. La fille enceinte, devant une femme qui lui souriait avec respect et encouragement, s'étonnait d'être l'objet d'une telle considération. Oui, il faisait bon marcher la tête haute et se sentir une fille propre au milieu d'étrangers.

Stella aurait tout fait pour sa filleule. Si elle concevait un plan pour lui dessiner une route nouvelle, elle s'en ouvrait aussitôt à Paul. Malheureusement, il découvrait une faille dans l'idée merveilleuse, l'obligeant ainsi à se creuser les méninges pour améliorer le sort de Lucie.

- Tu es un vrai éteignoir, Paul! J'ai foi dans ce projet mais tu fauches mon enthousiasme immédiatement!

- Écoute, expliquait patiemment Paul. Il faut attendre la naissance du bébé. Pendant ce temps, Lucie mûrit. Tu sais qu'elle est intelligente cette fille. Tu n'as qu'à l'écouter un peu plus longuement. Tiens, le soir de ta réunion à l'école, j'ai parlé avec elle du livre *Les saints vont en enfer*. Je t'assure qu'elle pense très profondément.

Après cette remarque, Stella avait encouragé Lucie à se choisir des romans dans sa bibliothèque. Le fait de s'intéresser aux calamités de personnages inconnus, de réfléchir et de lutter avec eux pour en arriver à accepter la vie et à espérer dans l'avenir, lui fit voir sa situation d'un oeil différent. Certains jours, elle passa sous silence son état et se comporta comme si elle était anxieuse de donner naissance à son enfant.

Dès le début du mois de juin, les Saint-Onge décidèrent d'ouvrir leur chalet au lac du Bonnet, parce que le médecin de Lucie s'inquiétait de sa pâleur et lui recommandait des marches journalières. La cure serait excellente! D'ailleurs, le soleil réchauffait déjà l'air pur et les eaux bellement paresseuses du lac. Lucie y jouirait donc de beaucoup de tranquillité à l'abri des curieux où elle pourrait s'étendre en maillot de bain dans le patio du côté sud; Stella et les enfants n'arriveraient que le vendredi après-midi, Paul le samedi soir, et ils repartiraient tous le lundi matin. L'année scolaire terminée, les Saint-Onge s'installeraient en permanence dans leur chalet.

La retraite au lac du Bonnet fut enrichissante pour Lucie.

Très souvent, une voisine l'invitait à partager un repas selon le protocole des dames françaises. Lucie manifestait-elle le désir de connaître certains secrets culinaires, madame Lussier les lui révélait aussitôt en sortant sur-le-champ une demi-douzaine de casseroles. Lucie riait en elle-même devant un tel arsenal et le flot de paroles qui l'inondait. Un jour, elle se risqua à inviter sa bienfaitrice pour lui servir un mets dont la cuisson lui avait été enseignée; tout cela pour s'assurer de son succès à la table des Saint-Onge quelques jours plus tard.

Assise devant une table recouverte de napperons élégants, de vaisselle et d'ustensiles impeccables de propreté, face à une dame qui avait de si belles manières, elle se sentait privilégiée de voir autre chose que son petit univers familier. Elle remarquait attentivement les gestes de son invitée, tout comme elle l'avait fait dès son arrivée chez son parrain et sa marraine.

Madame Lussier parlait pendant des heures et des heures, heureuse d'avoir une auditrice qui ne l'interrompait pas dans ses longues explications. Lucie s'émerveillait de l'entendre discourir si longtemps sans bégayer. Selon elle, madame Lussier ne pensait pas; elle pensait en parlant et non pas avant de parler. Elle pouvait dire tout ce qu'elle voulait, à qui elle voulait et quand elle le voulait. Quelle chance!

La vieille dame était merveilleuse dans sa façon de la traiter. Puisqu'elle allait être mère, elle la voyait comme une vraie femme et non pas comme une fille légère. Toute confiante, Lucie commença à l'appeler mémère, une délicatesse qui fit verser quelques larmes à celle dont la compagnie du mari manquait trop: il passait des journées entières dans la ferme de son garçon et ne rentrait que vers sept heures du soir.

Lucie savait apprécier la générosité et la bienveillance de sa nouvelle amie; cependant, quand elle se retrouvait seule au chalet, les jours et les nuits s'éternisaient parfois. Ne pouvant dormir, elle se levait et allait se placer devant la glace sur la porte de la penderie. Après un coup d'oeil rapide sur son corps déformé, elle s'attachait immédiatement à l'examen de ses traits qui étaient censés l'enlaidir d'un mois à l'autre. Tout semblait faire mentir l'auteur de l'article qu'elle avait lu: Lucie se trouvait belle avec ses joues rondes, son teint plus frais et des yeux qui parlaient. Quant à son ventre, elle refusait de le regarder. N'était-il pas le nid de toutes ses souffrances physiques et morales?

Un après-midi, aux prises avec une migraine, elle alla s'asseoir au bout du quai, les jambes pendantes, et les pieds dans l'eau murmurante. Presque six mois qu'elle était enceinte! Aucune lettre, aucune visite de sa mère. Son père, venu dernièrement, avait l'air tellement découragé qu'elle avait mal dormi cette nuit-là: un cauchemar affreux l'avait bouleversée et fait se réveiller toute en sueur. Sa mère, debout au pied du lit, la secouait avec une rage déchaînée alors que la fille s'efforçait de se lever pour fuir, mais des chaînes la retenaient et des démons se tenaient sous son lit. Les yeux lui brûlaient la figure: elle voulait courir à la salle de bains pour s'asperger la tête et tout le corps d'eau glacée. Soudain, un objet apparut sur son ventre; voulant s'en débarrasser, Lucie avait posé la main sur un paquet de poil qui ressemblait à une patte d'ours. Le cri de mort échappé de sa gorge l'avait éveillée en sursaut; le reste de la nuit, elle avait tremblé de peur, en se demandant la signification de ce mauvais rêve et la nécessité de le raconter à quelqu'un qui ne s'en moquerait pas.

Son enfant mourrait-il? Quelqu'un voulait-il le lui enlever? Que faisait sa mère près d'elle? Et les démons? Est-ce elle qui mourrait et irait en enfer?

Lucie essaya de reconstruire le scénario des propos échangés avec son père qui avait parlé bien peu. Comme il l'avait regardée en la quittant! Soudain lui revint une phrase de l'homme abattu:

- Lucie, ta mère t'en veut, mais reste loin d'elle.

Oui, il l'avait avertie de la vengeance de Martha qui refusait toujours de parler à Stella et même de la regarder si elle la rencontrait par hasard. C'était sa façon de signifier qu'elle désapprouvait l'intervention de Stella dans l'affaire de Lucie. Que de choses bizarres avaient faites cette femme un peu déséquilibrée selon monsieur le curé, très déséquilibrée selon les femmes de son entourage, mais seulement de santé délicate selon Albert Lauzon qui ne voulait pas penser au danger qui guettait sa Martha depuis quelque temps.

Lucie regardait toujours la chaloupe invitante amarrée tout près d'elle. Elle ferma les yeux : l'embarcation glissait sur le lac jusqu'à la rivière et aux chutes où elle dégringolait dans le vide en emportant Lucie et le bébé dans un monde qui les accueillerait. Était-ce si mal de vouloir s'en aller trouver le bon Dieu ?

— Lucie, je t'attends, cria soudain madame Lussier.

Mais oui, c'était jeudi. Elle avait accepté d'aller souper avec elle. Dix minutes plus tard, revêtue d'une robe très ample, elle faisait la rencontre d'un monsieur fort aimable en compagnie de monsieur Lussier. Quand on le lui présenta, l'inconnu lui fit répéter son nom pour être sûr d'avoir bien entendu et il lui demanda si elle venait de Powerview.

— Il a donc entendu parler de moi, se dit Lucie.

Durant la soirée, il regardait attentivement la fille enceinte et essayait de la mettre à l'aise pendant la traditionnelle partie de cartes des Lussier. Vers onze heures, monsieur Ramsay s'offrit à la reconduire au chalet ; ce n'était pas loin mais puisqu'il insistait avec tant de délicatesse et que les Lussier approuvaient, Lucie accepta.

Dehors, la nuit de juin mourait dans sa jeune beauté sous l'oeil vigilant de la gardienne silencieuse se mirant dans le lac. Les feuilles exhalaient un soupir de satisfaction sous la caresse du vent. Monsieur Ramsay mit sa main sous le coude de Lucie en disant qu'une chute pourrait être fatale à l'enfant qu'elle portait.

— Si vous avez besoin de moi pour quoi que ce soit, dit le bon monsieur sexagénaire, n'hésitez pas à me faire signe. Je suis un grand ami des Lussier, vous pouvez me faire confiance.

Lucie n'eut pas à recourir aux services de l'étranger car la famille Saint-Onge arriva le lendemain. Cependant, elle voyait monsieur Ramsay à chaque fois qu'elle allait jouer aux cartes chez les Lussier. Il lui apportait des journaux, des revues, des livres et quelquefois même des articles pour enrichir la layette du futur bébé.

La deuxième semaine de juillet, Lucie bondit de joie quand elle reçut par la poste le "year book" de l'école Couture. Se souvenant de la photo choisie avec soin pour cette étape de sa vie, ses doigts tournèrent fébrilement les pages des grands de l'école pour s'arrêter à la classe de la huitième année. Oui, sa photo y était. Subitement, elle éclata en sanglots. Elle venait de lire au-dessous de son nom: Boîte à surprise. Ainsi, elle n'avait pas assez souffert durant ses années scolaires; quelqu'un avait deviné son secret, au printemps, et on avait eu la cruauté de le publier.

Deux semaines avant l'accouchement, Lucie reçut la visite de son père lui annonçant qu'elle avait désormais sa place à la maison. Sa mère, prête à adopter le bébé, l'encourageait à accepter l'emploi sollicité à son intention: serveuse à la cafétéria du moulin à papier. Les Saint-Onge manifestèrent peu d'enthousiasme, doutant fort de la sincérité de Martha qui avait refusé son aide, six mois auparavant, et s'était opposée avec tant de véhémence à l'hébergement de Lucie dans leur foyer.

La césarienne que dut subir la jeune mère la garda plus longtemps que prévu à l'hôpital de Pine Falls; madame Lauzon en profita donc pour emporter l'enfant avec elle et plier bagage. Pendant des heures, Albert et Stella essayèrent de comprendre les raisons d'une escapade aussi mystérieuse.

Deux jours plus tard, René trouva quelques lettres dans un placard de la cuisine; la dernière ne laissait aucun équivoque quant au départ prémédité de Martha.

Chère Martha,

*Viens donc te promener à Nanaimo. Selon moi, tu ne pren-
dras jamais le dessus avec ta grosse famille et tu dois penser à toi de
temps en temps. Laisse Lucie se débrouiller avec la maisonnée.
Qu'elle travaille un peu! Il y a assez longtemps qu'elle flâne au
chalet de la millionnaire.*

*Que Stella se soit mis le nez dans cette affaire et ait tourné
Lucie contre toi ne me surprend pas. Elle n'en a jamais fait
d'autres celle-là. Depuis qu'elle a marié son Français, elle lève le
nez encore plus haut sur le reste de la famille.*

*En tout cas, tu mérites un petit congé. Après tout, tu n'es
jamais venue en Colombie et tu n'auras pas toujours la chance que
je t'offre. Tu n'as qu'à garder les deux derniers chèques d'Albert et
à prendre le train.*

*Amène le bébé de Lucie avec toi. À deux, on pourra s'en
occuper et ce sera ta part pour ne pas être blâmée pour tes dépenses.
Ne dis rien à personne et viens-t'en.*

*Bradley est parti dans un chantier à huit cents milles de
Nanaimo et il ne reviendra que pour quelques jours à Noël.
Viens, c'est le meilleur temps.*

*J'attends le coup de fil qui m'annonce que tu es à la gare de
Vancouver.*

Ta soeur,
Thérèse

À sa sortie de l'hôpital, Lucie rentra chez elle où elle faillit
mourir de chagrin en apprenant la dernière fugue de sa
mère. Quand reverrait-elle sa petite fille? Dans deux mois?
C'était ordinairement la durée des absences de sa mère. On
se mit d'accord pour donner la même explication à ceux qui
s'enquerraient de la fugitive: Martha avait besoin de repos et
elle avait emmené le bébé dans le but de soulager Lucie. Cette
dernière refusa le travail au moulin pour accepter la charge
de la maisonnée, incapable de rester sourde aux supplications

d'un père qui ne pouvait embaucher une servante. À la remarque que Florence et Jeanne la traiteraient trop durement, le pauvre homme avait rétorqué:

– Je t'aiderai. Et puis, je prendrai toujours ta part. Ça sera pas long, ta mère va revenir avant longtemps.

Au chalet, en compagnie de sa tante, Lucie avait appris une foule de choses; maintenant, elle faisait la soupe et préparait les sandwiches pour ceux qui rentraient à midi. Elle réussissait assez bien à ranger les effets laissés à la traîne dans une maison qui comptait trois chambres à coucher, alors qu'il en aurait fallu au moins six pour la famille de dix enfants. Francine et Ghislaine transformaient le divan du salon en couche vers onze heures du soir. Marcel, Guy, Lucien et René se partageaient la plus grande chambre de la maison; tous les matins, la mauvaise odeur qui sautait au nez de Lucie lui arrachait une expression de dégoût en faisant le lit gigogne. Florence et Jeanne occupaient la petite chambre qui donnait sur la rue d'en avant. Les deux "demoiselles", qui travaillaient, refusaient de donner quelques dollars à Lucie, fidèle à nettoyer leurs vêtements et à servir régulièrement leur petit déjeuner. Très égoïstes, elles lui défendaient l'accès à leur chambre à coucher la forçant ainsi à partager avec Émilie une espèce de grabat dans la cuisine. L'hiver, quand Lucie y étendait le linge à sécher sur des cordes, l'humidité qui s'en dégageait faisait se serrer contre elle Émilie qui grelottait de froid et ne pouvait pas dormir.

– Florence, f...f...f...fais ton lit, criait Lucie tous les matins.

– Fais-le toé, t'es la servante icitte. Moé, j'travaille.

– J...J...J...dois m...m...m...m'occuper d'Émilie.

– A la trois ans, c'est pus un bébé.

Mais Lucie devait prendre soin d'Émilie presque vingt-quatre heures par jour. N'avait-elle pas contracté trois maladies graves depuis sa naissance? Pour la calmer quand elle pleurait trop fort, la grande soeur la grondait sévèrement et la petite pleurait davantage. À ce moment-là, si elle pensait à sa mère, qui frappait peut-être le bébé qui ne lui appartenait pas, elle éprouvait des élans de tendresse; imaginant alors tenir dans ses bras une autre petite fille, elle embrassait Émilie avec chaleur, espérant lui faire oublier son impatience.

Le père, au milieu de cette famille désorganisée, regardait toujours à terre comme pour y trouver une solution à ses nombreux problèmes. Il faisait un bon salaire, mais l'argent n'était pas suffisant pour rendre heureux un foyer rempli d'enfants, dans lequel manquait une personne indispensable. Le dos de l'ouvrier à la haute taille se courbait de plus en plus. Un jour, il avait amené, à l'usine, René l'aîné de la famille; le patron l'avait embauché immédiatement, par pitié pour cet homme seul et malheureux.

Un soir, une lettre de la municipalité réclamait des taxes supplémentaires ou des heures de travail bénévole pour l'embellissement du village; un autre soir, on avait débranché le téléphone parce que ses enfants jouaient des tours aux gens du voisinage; une fois, monsieur le curé venait lui dire de garder ses filles à la maison et d'envoyer ses garçons à la messe. Albert Lauzon ne réagissait presque plus, même si ses gros yeux bleus acquiesçaient machinalement à toutes les demandes. Hélas! il n'avait pas la poigne nécessaire pour gouverner un bateau dont les occupants refusaient toute discipline et sautaient sans cesse par-dessus bord. La dernière fois qu'il avait fait une colère, on s'était moqué de lui; dissimulé au sous-sol pour écouter la conversation de ses enfants, il avait pleuré à chaudes larmes et était allé terminer la soirée à l'hôtel.

À René, âgé de vingt et un ans, le père avait expliqué qu'un deuxième salaire pouvait aider à liquider les dettes que Martha contractait à droite et à gauche. Peine perdue! René ne rêvait qu'à l'achat d'une moto. Ses cinquante dollars n'allaient pas glisser dans les mains de son père, encore moins dans celles de sa mère qui venait encore de lui écrire. Une lettre froissée, blottie au fond de sa poche de pantalon, venait de Vancouver pour réclamer de l'argent; Martha Lauzon faisait allusion au bon coeur de son fils et lui promettait le double du montant prêté, à son retour.

Un an s'était écoulé depuis le départ de la mère. Le père était-il convaincu qu'elle ne reviendrait jamais en offrant à René de partager sa chambre? Maintenant, dans la pénombre, le jeune homme pouvait observer les traits d'un père de famille épuisé et souffrant d'insomnie. Un jour, il l'avait surpris parlant seul dans le garage; des mots durs et méchants sortaient de sa bouche à l'adresse d'une femme; René avait deviné de qui il s'agissait. Oui, il avait pitié de son père maintenant, mais il rêvait continuellement à la moto presque neuve que lui vendrait Joe Richard. Pourquoi paierait-il pour les folies de sa mère? Le souvenir de sa conduite le harcelait et il en venait à haïr celle qui avait déserté le foyer. Selon lui, elle était une bonne à rien! une dénaturée!

De son côté, Lucie voulait quitter la maison à tout prix. Mais vers qui se tourner? N'osant parler à personne de son désir de changer de milieu, vers le mois d'octobre, elle décida de rendre visite à la soeur Jeanne Mance, au village de Mariapolis, et de lui raconter ce qu'elle avait vécu depuis sa sortie de l'école. Si elle obtenait de l'aide de cette institutrice? Sa favorite, comme elle disait. Bien que n'ayant plus son air de bête traquée, d'être qui n'a pas de veine, elle n'en était pas moins mélancolique et toujours près des larmes.

En ce dimanche après-midi, la religieuse prenait quelques instants de repos dans une chaise de parterre, les yeux fermés et les pieds surchauffés sous la longue jupe de lainage qui tombait gracieusement autour d'elle. N'ayant pas vu s'avancer la visiteuse, elle bondit de surprise et accueillit avec une franche spontanéité celle qui avait parcouru presque deux cents milles pour la revoir. Avec tendresse, elle garda dans ses bras la pauvre misérable qui paraissait âgée de trente ans, oubliant totalement le point de règle lui interdisant de toucher aux soeurs et aux élèves.

- B...B...B...Bonjour, ma soeur.

Lucie parlait en français à ses anciennes institutrices. On obtenait de bons points à l'école quand on le faisait, et la vue d'une religieuse déclenchait encore dans son esprit l'idée du français. Sa grande faim d'amour la rendait capable de vaincre les difficultés les plus pénibles, comme celle de parler français alors que l'anglais lui était plus familier.

- Tu es fine d'être venue. Comment vas-tu? Comment es-tu arrivée?

- En au...au...au...tobus. J...J...J...J'voulais vous dire qu...qu...que...que...chose. C'était trop long p...p...pour écrire...

Lucie, très fatiguée, bégayait comme jamais elle n'avait bégayé. Pendant une heure au moins, la religieuse écouta avec attention le drame de son ancienne élève, ne pouvant imaginer que tant de mésaventures s'étaient abattues sur cette pauvre innocente. Elle souhaita soudain être la supérieure du couvent pour garder Lucie avec elle et l'aider à reprendre vie. Au chalet, l'ennui l'avait dévorée et le silence de sa mère qui ne pardonnerait jamais à Stella la faisait encore souffrir. On lui avait dit de ne plus remettre les pieds dans la maison, le matin de son départ. Comment oublier les paroles dures de sa mère alors qu'elle avait un si grand besoin d'appartenance, une telle soif de compréhension de la part des siens? De temps à autre, le père l'avait visitée au lac du Bonnet mais il parlait si peu; de plus, il semblait nourrir un découragement de nature à le faire sombrer, au dire de l'oncle Paul.

Au couvent, ce soir-là, on invita Lucie à prendre place dans la salle à manger des religieuses. Étant donné que quelques-unes d'entre elles avaient déjà enseigné à Powerview, on s'informait de tel commissaire d'école, de telle dame, de monsieur le curé, de monsieur le vicaire, etc. Lucie était le point de mire et la conversation allait bon train, sauf pour la soeur Jeanne Mance qui ne parlait ni ne riait; elle mangea peu et ce fut même trop car elle dut se munir d'une bouteille "Eno" avant de monter à sa chambre. À minuit, elle était encore incapable de dormir: Lucie, couchée dans la chambre voisine, lui apparaissait sur la banquette de la voiture entre les deux étrangers; dans la chambre minable du motel "The Wolf"; dans la cave, face à sa mère courroucée qui la bousculait; surtout, elle entendait le bruit du maigre corps contre le mur de béton. Dans le scénario qui se déroulait, certaines scènes violentes lui faisaient mal. Avoir appris que Martha Beaudoin était enceinte, avant d'ensorceler et d'épouser Albert Lauzon, l'avait bouleversée. Pourquoi cette sévérité pour ceux qui refont à leur façon le même chemin que soi? La tante Stella, qui avait cru le contraire, devait amèrement regretter de ne pas avoir elle-même appris à Martha que Lucie était enceinte, et lui avoir fait remarquer qu'elle ne pouvait lui "lancer la pierre".

Le lendemain, la religieuse brûlait de sympathie envers les adolescentes qui se succédaient dans sa salle de cours. Elle ne remarqua pas la jupe courte de Pierrette, les lèvres rouges de Joanne, les seins trop pointus de Marguerite. Véronique, qui veillait sur ses frères et soeurs, parce que la mère était alcoolique, devait toujours ignorer l'intérêt subit dont elle devint l'objet; elle suivrait désormais des cours de chant au couvent, sans en acquitter le coût. Patricia réaliserait le rêve de sa vie: pensionner au couvent, étudier à son goût et éviter de passer deux ans dans la douzième année. Finies les exigences d'un père qui lui faisait traire trop de vaches le matin et le soir. Quant à Gisèle qui manquait trop souvent la classe depuis un mois — on la disait enceinte — la soeur Jeanne Mance la dépannerait si elle venait à elle, sans se soucier des "pures" qui refusaient d'encourager cette sorte de vice.

La visite à Mariapolis avait donné un peu de courage à la fille-mère qui ignorait tout de son avenir. Cependant, sa tâche de gardienne à la maison l'énervait de plus en plus. Trois fois, elle avait visité les Lussier et revu le bon monsieur Ramsay auquel elle s'était confiée avec beaucoup de simplicité. Depuis que les Saint-Onge avaient déménagé à Saint-Boniface, Lucie s'ennuyait et regrettait les bonnes soirées passées en compagnie de sa tante. Quand elle dormait mal dans le lit trop étroit, craignant d'écraser Émilie, elle songeait à sa mère qui veillait sans doute sur son enfant à elle, à peine entrevu. En dépit des journées longues et épuisantes, Lucie aurait voulu se faire des amies pour sortir un peu de temps en temps, vivre à la façon des filles de Powerview. En juin, elle décida de mettre fin à son rôle de servante. Elle annoncerait son plan à son père qui en avertirait le reste de la famille. Rien ne la ferait fléchir. Elle quitterait Powerview pour toujours. Selon elle, un changement d'atmosphère s'imposait pour ne pas devenir folle. Se chamailler continuellement et être la cible des moqueries l'exaspéraient; les forces lui manquaient pour s'affirmer, les moyens aussi, car comment se défendre des attaques quand on ne peut parler sans provoquer les rires? Déterminée plus que jamais, elle n'avait mis personne au courant de son "coup de tête", pas même la tante Stella qui aurait pu la convaincre d'abandonner son projet.

Le samedi était toujours une journée d'enfer chez les Lauzon. Tant de monde et tant de bruit avaient de quoi décourager toute la cour céleste. La servante avait les nerfs en boule à l'heure du souper. Dans un excès d'impatience et de colère, elle avait hurlé dans le brouhaha:

- I'...I...I'm getting m...m...m...married.

On avait ri à s'en tordre les côtes.

- Quel fou veut de toi? s'écria Guy, âgé de treize ans environ.

- Richard, le bégayeux, rétorqua Jeanne qui travaillait au restaurant du Polonais.

- Fat Dubois, le fou du village, renchérit Florence.

- Édouard Ramsay, lança Lucie sans bégayer et en se sauvant dans le salon.

Un silence s'ensuivit. Qui connaissait Édouard Ramsay? Pas même Albert Lauzon qui pouvait nommer tous les travailleurs de la seule usine du village de Pine Falls. Le sujet de

42

conversation ne changea plus, malgré les efforts du père pour mettre fin au flot de farces plates qu'avait déclenché la nouvelle. Chose étrange, les filles Florence et Jeanne manifestaient plus de cruauté que les garçons; quant aux plus jeunes, elles avaient écouté et ri sans comprendre de quoi il s'agissait, à l'exception d'Émilie qui avait quitté la table et suivi Lucie pour s'asseoir en silence près d'elle. Émilie avait passé son bras maigrelet autour du cou de "sa mère" qui sanglotait.

Vers sept heures, Albert demanda à Lucie d'aller lui chercher un paquet de Players au magasin Laplume; en sortant par la porte d'en arrière, il s'était glissé dans la remise et empressé de la rejoindre. Voyant entrer son père dans le restaurant, Lucie avait écarquillé les yeux sans rien dire.

- Va t'asseoir à la table là-bas, pendant que j'achète deux cokes.

- M...M...M...

Une fois assise, Lucie se regarda vite dans le miroir jauni et essaya de lisser sa chevelure rebelle. Comme cela faisait drôle de se voir avec son père dans un restaurant, un samedi soir!

- Lucie, t'as voulu faire une farce, hein?

- N...N...Non.

- Qui c'est ça Ramsay? Où tu l'as connu?

- Au ch...ch...ch...chalet des Lussier.

Lucie pouvait à peine parler. Les yeux encore humides, le cou enflé où tremblotaient des nerfs trop gros, les lèvres un peu paralysées à la façon d'une personne âgée, elle faisait pitié à voir. Le père la regardait avec bonté; elle était malheureuse et les chances d'améliorer son sort quasi nulles. "Négresse" de la maison, on se moquait d'elle sans se préoccuper de l'inviter à sortir ou de lui faire plaisir de temps en temps. Il était normal de la voir sans cesse tout décrasser autour d'elle, trimer du matin au soir, ne jamais avoir de loisirs ou d'argent de poche.

- Lucie, cache-toé, v'là Paul qui arrive, criait Francine.
- Lucie, descends dans la cave, Ghislaine arrive avec la petite Houle.
- Lucie, parle pas, tu m'énerves, annonçait Guy.

Les ordres humiliants résonnaient dans la tête du père de famille, dépassé par une situation intenable. Il passait et repassait ses mains rudes de bon travailleur dans ses cheveux gris. Avait-il mal au cou? Sa main massait sa nuque maintenant. Le col sale de sa chemise le trahissait. Un homme seul. Personne pour lui suggérer une coupe de cheveux, un changement de vêtements, le port de tel chandail avec tel pantalon. Pourtant, il était encore bel homme. Durant ses premières années à Powerview, on ne finissait plus d'inviter l'excellent danseur et chanteur à toutes les soirées sociales de la paroisse. Avait-il bien fait d'accepter? Est-ce que c'était lui ou Martha que l'on désirait le plus? Certaines visions éloquentes lui rappelaient qu'il aurait dû être plus ferme et s'occuper davantage de sa famille.

Sans cette attitude de grand timide, il aurait peut-être eu plus d'autorité sur ses enfants. L'autre jour, Lucie avait refusé de presser le pantalon de Lucien, parce qu'elle était déjà couchée, une bouillotte appliquée sur ses reins endoloris; le garçon mécontent avait turluté en s'accompagnant à la guitare:

Lucie a eu un petit
Gros comme une souris,
Sale comme un cochon
Qui mange des bonbons,
Tra la la la la la la
Tra la la la la la la

Le père aurait voulu sévir pour faire taire ce dur à cuire de quinze ans. Ce soir, il regrettait sa lâcheté et craignait les reproches de Lucie. Martha avait peut-être eu raison de l'envoyer au diable avec "sa gang". Maintenant, on ne voyait

Lauzon qu'à trois endroits; à l'usine, à l'église, et dans la véranda de sa petite maison. De plus en plus souvent, le curé Poitras l'accostait au sortir de la messe dominicale:

- Vous lui pardonnez, n'est-ce pas?

- Elle reste la seule femme dans votre vie, n'est-ce pas?

- Si elle revenait, vous la reprendriez, n'est-ce pas? Ah! si le curé était marié à Martha Beaudoin, avec la patience qu'on lui connaît! Il n'aurait pas supporté plus de vingt-quatre heures la situation intolérable dans laquelle se débattait le pauvre abandonné. Le curé Poitras ne donnait pas une seule séance de confession sans faire éclater deux ou trois bonnes colères, en plus de faire sortir de l'église les petits gars qui chuchotaient. Que de fois, les religieuses avaient offert leurs services, le premier vendredi du mois.

- Monsieur le curé, il faut surveiller les élèves pendant les confessions, disait la soeur Flore en relevant un petit nez retroussé. "Vaut mieux prévenir que guérir?"

- Ma soeur, ils doivent prendre leurs responsabilités.

- Mais, ils sont trop jeunes.

- Pas trop jeunes pour se taire et attendre leur tour en pensant à leurs péchés.

La soeur Flore savait ce qui se passait, elle. Quand le curé avait chassé Norman Baker hors de l'église, les garçons avaient tellement ri qu'ils s'étaient tous sauvés sans leur nettoyage de conscience mensuel. Le curé était demeuré seul dans le sous-sol de l'église; plus de petits gars, plus de péchés. Une fois, en les voyant traverser le seuil de la porte de l'église, quatre par quatre, Albert Lauzon, en compagnie de la soeur Flore dans la cour de l'école, s'était arrêté de parler et avait crié sa surprise. Comme la scène avait amusé les deux témoins! De grands éclats de rire avaient refraîchi l'air du matin. Oui, il en avait de la patience le curé Poitras. Comme Lauzon aurait aimé le voir père de famille à sa place!

Le travail éreintant de Lauzon à l'usine, les repas froids à la maison, les querelles entre les enfants, les nuits d'insomnie! Et maintenant, Lucie qui partait! n'en avait-il pas assez enduré? Il regardait sa fille en s'attachant à chacun de ses traits, à chacun de ses gestes. Dire qu'il avait épousé sa mère sans la connaître suffisamment... Quand Martha lui avait annoncé le lendemain de leur mariage qu'elle était enceinte, il n'avait pas eu le courage de se fâcher contre cette belle femme qui l'étreignait avec tant de sincérité et de tendresse. Son corps frissonnant d'amour l'avait enivré au point qu'il avait cru cette histoire de viol. Que lui importait le passé dans l'euphorie d'une lune de miel inoubliable? Le petit René était né, l'éternel favori de la mère, porteur des traits d'un policier de Pine Falls. Ensuite, quand Lucie était arrivée, la mère l'avait rejetée parce qu'elle était tombée enceinte trop vite après la naissance du premier bébé.

Telle une série de projections lumineuses se bousculant derrière un front prêt à éclater, sa vie passait devant lui. Oh! comme il désirait ardemment quitter Powerview lui aussi, sauter dans l'autobus de huit heures et aller se perdre dans la foule anonyme de Winnipeg. Ne plus travailler dans une chaleur accablante, ne plus entendre les cris d'enfants mécontents; mais se faire de nouveaux amis et flâner avec eux dans les parcs publics ou sur les bords de la rivière Assiniboine. Vivre! Vivre quelques années de liberté et de paix!

Après une longue conversation, au cours de laquelle il n'avait pas réussi à convaincre Lucie qu'elle faisait un faux pas, le père capitula:

- Fais ce que tu veux, Lucie, et si tu le regrettes, reviens à la maison. C'est pas rose, mais on essaiera de faire mieux.

En sortant du restaurant, Lauzon rencontra un professeur du Collège de Roseau, celui qui avait voulu le persuader d'entrer dans une congrégation de frères enseignants alors qu'il songeait à entreprendre des études classiques au Collège de Saint-Boniface. Au cours de sa troisième année, invité par Louis Desrochers à passer un congé dans le village de Powerview, Albert avait fait fureur parmi les filles de la place. Quand la grande fille blonde l'eut grisé de charme, son père avait évoqué des raisons trop ternes pour l'amener à poursuivre ses études. Aujourd'hui, Albert Lauzon, à son tour, ne pouvait trouver les mots justes pour faire comprendre à Lucie qu'Édouard Ramsay n'était pas un homme pour elle.

Trente jours après la conversation du père et de la fille, à deux heures de l'après-midi, un 15 juillet, l'église de Powerview était remplie à pleine capacité. Les villageois allaient assister au mariage de la folle à Lauzon.

5

Ce jour-là, la religieuse sacristine s'était vengée, à sa façon, des moqueries et des sarcasmes infligés à Lucie dans la communauté chrétienne. Jamais l'église n'avait été aussi bien décorée. Le curé avait levé les bras au ciel en apercevant des boucles de ruban satiné attachées aux bancs de la nef, des guirlandes de fleurs suspendues aux trois autels et les luminaires des quatre archanges allumés.

- Quelle cervelle de sauterelle, cette soeur Alphonsine! On n'en a pas fait autant pour la grosse Sylvette de Dumas, le président du conseil scolaire. Ah! il va en gueuler un coup!

Mais le curé Poitras riait un peu en lui-même; au fond, il n'était pas fâché d'accueillir une telle foule. Il en profiterait pour secouer ceux qui ne traversaient la rivière que pour assister à de grandes célébrations.

Lucie s'avançait déjà au bras de son père. La toilette que

lui avait offerte monsieur Ramsay souleva une vague de chuchotements. Madame la mairesse sentit bouger sa perruque en se tordant le cou pour mesurer la longue traîne; la présidente des dames de Sainte-Anne serra les lèvres pour immobiliser les fausses dents de sa grande bouche; l'épouse du médecin Laferté, la carte de mode du village, se demanda où la mariée avait acheté une robe d'aussi bonne coupe.

Les vieilles religieuses riaient derrière leur cornette pendant que les plus jeunes griffonnaient leurs impressions au verso d'images saintes qu'elles s'échangeaient à la dérobée. Elles voyaient tout et entendaient tout les religieuses; en dépit du voile, du sous-voile et du bonnet qui leur couvraient la tête! Mystère! La soeur Alphonsine qui venait de la province de Québec où l'assistance à la messe était supprimée s'il y avait célébration d'un mariage, se réjouissait de constater qu'au Manitoba on n'avait jamais songé à une loi aussi stupide; aussi, elle n'épargnait rien pour donner à l'église un air de fête solennelle. Les futures mariées ne manquaient jamais de lui faire une petite visite avant la cérémonie afin d'exprimer leurs goûts; après le mariage, elles retournaient remercier la soeur Alphonsine, ayant soin de lui montrer leur album de photos de noces et de lui glisser un cadeau pour "elle seule".

La robe de satin blanc cachait les jambes trop minces de Lucie, alors que le voile arrondissait le visage encadré de boucles blondes et que la taille fine mettait en relief le galbe de la gorge. Ses yeux étincelaient de joie et de bonheur contenus. Monsieur Ramsay, portant bien ses soixante ans et plus, marchait la tête haute. Durant le défilé, aucun rire étouffé. Qui s'attendait à une telle cérémonie?

- Cendrillon au bal, chuchota la soeur Hélène, qui avait mis beaucoup de temps à faire répéter les enfants de choeur et fait venir les prie-Dieu par le vieux Dandeneau à qui elle avait promis une pipe. En ce moment, la soeur regrettait ses paroles dorées...à moins de tendre la main à ses parents une fois de plus.

C'était la première fois que des regards admiratifs se braquaient sur Lucie. Quelle heure merveilleuse! Faisant face à l'assemblée au sortir de l'église, elle saluait à droite et à gauche les figures qui l'avaient toujours ignorée.

- Mais, ils m'aiment tous. Il fallait que je me marie pour être acceptée dans ce village de fous.

Elle s'en voulut d'avoir gardé tant de rancoeur à l'égard des jeunes de son âge. Elle, qui d'ordinaire pardonnait si facilement, s'était donc trompée! Le garçon qui l'avait embrassée deux fois, au cours de la réception offerte dans le sous-sol de l'église, l'aurait peut-être fréquentée... Voyant le bonheur de sa famille, Lucie se sentait un peu la responsable de cet excès de joie dans le coeur de ses frères et soeurs. Le bon vin avait coulé abondamment, à la santé de monsieur et madame Ramsay. Lucie avait vu son père danser au son d'une musique endiablée. De sa mère, personne n'avait osé prononcer le nom.

Le nouveau couple quitta le village de Powerview, dans une Pontiac, vers six heures du soir. Oasis de repos! Lucie ne parlait pas, se contentant d'un soupir de temps à autre et d'un coup d'oeil furtif à son compagnon peu loquace. En arrivant à Winnipeg, monsieur Ramsay fit remarquer qu'ils se dirigeaient vers l'hôtel Fort Garry. Avant d'entrer, il expliqua que c'était un endroit historique: Riel, le fondateur du Manitoba, y avait établi le quartier général de son gouvernement provisoire, avant de négocier avec le gouvernement fédéral des conditions d'entrée de la province dans la Confédération. Lucie trouvait son mari très instruit: elle n'avait jamais su que le fondateur du Manitoba portait un nom français. Sa surprise fut plus grande d'apprendre que le nom de la province avait été choisi par Riel et que ce mot indien signifiait "le dieu qui parle".

On avait traversé la rue Main pour se rendre à la gare du Canadien National où les voyageurs allaient et venaient sous l'immense voûte de la salle aux pas perdus; ensuite, on était retourné vers l'hôtel en ayant soin de faire une photo sous la porte d'entrée du vieux fort, dernier vestige du fort Garry ayant appartenu à la compagnie de la Baie d'Hudson. Rendus dans la chambre d'hôtel, monsieur Ramsay avait dit à Lucie:

- Tu peux enlever ta fleur de corsage et vêtir une robe plus simple si tu veux. On nous regardera moins dans la salle à manger.

Avant de descendre, il lui avait décrit le protocole à observer. Lucie lui fut très reconnaissante de cette délicatesse qui lui éviterait la panique dans une salle aussi luxueuse. La table était splendide: des fleurs, des chandelles, de l'argenterie, des verres de cristal, ... Monsieur Ramsay souriait bonnement et lui indiquait au fur et à mesure ce qu'elle devait faire. Quoique un peu tendue, Lucie se contentait d'écouter l'autre qui parlait un peu plus. Elle aurait aimé lui avouer à quel point elle savourait l'ivresse d'être considérée comme une grande dame, mais les sons s'obstineraient à ne pas sortir de sa bouche.

Hélas! quand le temps vint de monter à la chambre à coucher, un souvenir vint voiler son bonheur. Elle commença à trembler de tous ses membres. Les méchantes taquineries de sa famille s'abattaient sur son esprit. Le plafond trop haut de la pièce lui rappelait l'église de Pine Falls, le riche tapis, la maison du surintendant du moulin à papier, et l'énorme lampe de table qui occupait un large espace devant des draperies somptueuses ne diffusait pas assez de clarté. Lucie se sentait perdue dans cet intérieur aussi impressionnant.

Les yeux remplis de frayeur, elle ne parvenait pas à dire à monsieur Ramsay qu'elle refusait de partager son lit. Quand il s'approcha d'elle pour lui parler doucement, elle recula jusqu'au gros fauteuil dans lequel elle tomba pour éclater en sanglots. La bouche grande ouverte, elle parlait beaucoup, mais rien ne résonnait à ses oreilles. Était-elle devenue muette? Elle recommença à pleurer en couvrant sa figure d'une main où brillait un délicat et magnifique anneau d'alliance.

- Regarde Lucie, il y a deux lits dans cette chambre. Un pour toi et un pour moi. Tu n'as pas à t'inquiéter. Je veux que tu dormes comme une reine. Tu en as grandement besoin.

Autant la ville de Winnipeg s'agite et donne libre cours à ses passions durant la semaine, autant elle s'enveloppe de calme et de dignité le dimanche. Ses édifices sont durs et massifs, ses trottoirs déserts, et ses rares piétons ont l'oeil malade. La moitié de la population du Manitoba est concentrée dans cette cité où se rencontrent gens de l'Est et de l'Ouest pour d'importantes transactions. Monsieur Ramsay connaissait trop bien Winnipeg pour y passer une dizaine de jours. Quant à Lucie, elle pourrait y revenir. Au cours de son voyage de noce, elle aurait la chance de traverser la frontière du Manitoba, de visiter Kénora sur le bord du lac des Bois, et la ville de Thunder Bay sur le lac Supérieur. De là, on descendrait vers le sud et on irait dans l'État américain du Minnesota où les endroits touristiques de Grand Marais, Grand Rapids, Bemidji et Grand Forks avaient de quoi divertir le couple.

La nouvelle vie se déroulait comme dans un rêve pour l'éternelle bafouée de Powerview. Personne ne se détournait pour éviter de la voir; au contraire, on la saluait dans les restaurants et les magasins. Monsieur Ramsay, attentif à tous ses besoins et même à quelques caprices, s'ingéniait à la combler. D'abord, dans chacun des motels, il était fidèle à demander une chambre à deux lits; ensuite, il commandait lui-même le repas afin de ne pas obliger sa femme à s'humilier devant la serveuse; finalement, il insistait pour qu'elle se repose, l'assurant du bienfait d'une vie calme sur son bégaiement qui empirait certains jours.

Un après-midi, dans une piscine de Fargo, alors qu'une jeune dame parlait à Lucie, cette dernière fut surprise de l'entendre s'informer de son père endormi à ses côtés. Faite sans méchanceté, la remarque avait confirmé ce que la tante Stella lui avait dit: "Monsieur Ramsay passera pour ton père." À partir de ce jour, c'est ainsi que Lucie vit son mari; et quand elle le lui dit avec timidité, il se contenta de sourire.

Au cours du trajet, Lucie accepta plusieurs fois de lire à haute voix des articles de journaux ou de magazines. L'auditeur conduisait avec prudence, tout en s'attachant à la voix moins hésitante. Il lui recommanda de lire en essayant d'oublier sa présence. En se concentrant davantage sur sa lecture, elle ferait de plus rapides progrès. Les jeunes à l'école ou ses frères et soeurs à la maison ignoraient les conséquences graves d'une raillerie à l'adresse d'une personne qui hésite en parlant.

Au retour du voyage, le couple s'installa à Great Falls, dans une des maisons construites pour le personnel régulier de la compagnie du barrage hydro-électrique érigé quelques années auparavant. Depuis que les maisons avaient été mises en vente, des familles nouvelles s'y étaient installées formant ainsi un village qui ressemblait quelque peu à celui de Pine Falls.

Les dames de Great Falls, fort gentilles, essayèrent de créer des liens avec la nouvelle arrivée qui ne répondait que d'un signe de tête et n'osait même pas poser un regard sur aucune d'elles. Mais quelle vie différente de celle vécue à Powerview! Finies les discussions continuelles autour de la table familiale, finies les impositions de tâches longues et ardues, finies les sorties toujours marquées de moqueries, finies aussi les demandes humiliantes d'argent!

À Great Falls, dans la petite maison blanche et proprette, Lucie se sentait en sécurité; elle voyait en son mari un bon papa qui ne la brusquait jamais et lui accordait tout ce qu'elle désirait. Parlant peu mais écoutant beaucoup, il n'avait rien révélé de sa vie passée avant de la demander en mariage en ces termes:

- Vous êtes seule. Si vous voulez de moi, je ferai mon possible pour vous rendre heureuse.

Monsieur Ramsay, qui avait encore la charge de surveillant de nuit à la Northern Winnipeg Power, continuait de visiter régulièrement les Lussier au lac du Bonnet. Une vie calme et solitaire lui aurait suffi, mais pour plaire à "sa fille"

54

qui voulait fréquenter des gens de son âge ou des anciennes connaissances, il dut accepter de sortir un peu plus. Quelques semaines après son mariage, Lucie voulut visiter son père; le bon monsieur ne se fit pas prier pour la conduire à Powerview. Désirait-elle revoir son ancienne institutrice? Il acceptait aussitôt de franchir une distance de deux cents milles. Que de fois, Lucie visita la soeur Jeanne Mance à Mariapolis et la tante Stella à Saint-Boniface! Deux confidentes discrètes et sympathiques, témoins de sa transformation en une femme de plus en plus jolie.

Lucie racontait avec beaucoup d'humour les anecdotes de sa vie quotidienne. Elle bégayait moins. Souvent, elle riait d'elle-même en s'attaquant à une consonne rebelle avec une patience angélique. Elle prit l'habitude de substituer une autre lettre à celle qui refusait de se laisser mater. Quelquefois, elle sifflait ou turlutait pour signifier qu'on devait attendre patiemment la fin de son discours. La religieuse en était venue à trouver le temps agréable en compagnie de la pauvre étudiante d'autrefois: le changement qui s'opérait en elle ne cessait de l'émerveiller.

- Qui choisit tes robes, Lucie? lui demanda-t-elle un jour.

- C'est la...s...soeur de mon m...mari. Elle a une b...boutique à Montréal.

- Tu as l'air heureuse. Est-ce que tu l'es réellement?

- Ma s...soeur, je n'avais jamais rien eu de ma vie. M...M...Maintenant, j'ai une m...maison. Ch...Ch...Chez nous, on me faisait pleurer tout le temps. M...Mon mari est bon. Quand je demande pourquoi il a marié une folle comme moi, il dit rien.

- Lucie, tu n'es pas folle. Oublie ce mot. Tu es une personne normale. Dis-moi maintenant, as-tu des nouvelles de ta mère?

- Elle est encore à V...V...Vancouver. Elle dit que j'ai tourné f...folle. Trop folle pour m...m...me laisser mon enfant.

- Et les autres? risqua la religieuse.

René était rendu à Montréal où il travaillait dans un magasin de chaussures; parce qu'il était bilingue, il avait obtenu cet emploi dès son arrivée. Guy était à Portage après avoir volé une voiture avec les Dion de Great Falls. Lucien, avec son air hypocrite, ne gardait jamais un emploi malgré les efforts de monsieur le curé qui s'évertuait à le caser. Il avait même dérobé l'argent des lampions dans l'église. Quant à Marcel, le seul des Lauzon à compléter sa douzième année, Lucie recevait sa visite assez régulièrement.

- Et tes soeurs?

- Florence est m...mariée à un P...Polonais. Jeanne est à B...B...Brandon avec un homme.

Mildred avait eu un enfant, et le père, un jeune Métis, avait refusé de la revoir en apprenant la mort du bébé. À quoi bon se marier puisque le bébé n'était plus? Et dire que la pauvre Mildred n'avait pas encore atteint sa quinzième année! Les autres allaient encore à l'école.

- Et la petite Émilie?

- E...Elle a cinq ans. Elle apprend le piano et c'est ma tante Stella qui paie pour elle.

Pendant ce temps, monsieur Ramsay était assis dans sa voiture stationnée en avant du couvent. Quand la soeur Jeanne Mance demanda à Lucie de lui présenter son mari, à l'heure du départ, Édouard Ramsay semblait ne pas vouloir lever des yeux qui s'ouvraient à peine, tellement ils étaient petits et enflés. Il avait le nez pointu et les dents un peu jaunies. L'homme lui fit penser à quelqu'un déjà vu. À son accent, l'institutrice reconnut qu'il était Québécois. Pourquoi serait-il venu au Manitoba? Des fois, des gens du Québec venaient refaire leur vie dans cette province éloignée. Il ne serait ni le premier ni le dernier. Sa façon de serrer la main, en accueillant l'amie de son épouse, laissa une bonne impression chez la soeur Jeanne Mance; il était bon, très bon pour la pauvre fille à qui il ne refusait rien.

La Pontiac bleue démarra lentement, alla tourner devant l'église située au bout de la rue principale du tranquille village de Mariapolis. Quand elle roula devant l'école, le chauffeur agita la main et sourit à la droite silhouette près de la clôture chancelante. Selon lui, les villageois étaient peu fiers de leur maison de savoir. Le gazon jauni et les arbustes trop anémiques pour nourrir les rares feuilles déjà vieillies racontaient l'histoire de la localité. Combien d'années restait-il à cette école dont le style ressemblait à celui des fromageries du Québec? Combien d'années enseignera-t-on le français avant que les "grandes divisions scolaires" n'apparaissent et n'assimilent les quelques Canadiens français qui se tenaient encore debout?

La soeur Jeanne Mance monta allègrement les marches du perron. Elle croyait encore en la survivance de la langue française au Manitoba, même si les piètres résultats de ses élèves lui arrachaient toujours des larmes quand elle les apprenait dans le journal, La Liberté. Demain, jour de congé, elle en profiterait pour couvrir de papier peint les cadres affreux des immenses fenêtres de sa classe. Puisque les commissaires d'école avaient refusé de les peindre, elle camouflerait le vieux bois; histoire de s'entourer d'un peu de nouveauté pour un enseignement dynamique visant à tenir en éveil les adolescents de Mariapolis.

Deux ans plus tard, en écoutant la lecture du bulletin de nouvelles à CKSB, elle apprit que Lucie Lauzon venait de perdre son époux. Édouard Ramsay avait été victime d'une crise cardiaque.

6 Albert Lauzon avait supplié Lucie de retourner à la maison, au début de septembre, en lui promettant la petite chambre à coucher d'en avant. Florence et Jeanne parties, elle n'aurait à subir ni leur égoïsme ni leurs manières hautaines. Il comptait sans l'entêtement de Francine et de Ghislaine à garder la chambre convoitée, fatiguées qu'elles étaient de coucher dans le salon. Francine, maintenant dans sa neuvième année scolaire, et Ghislaine dans sa septième, se ressemblaient tellement de taille et de figure qu'un étranger n'aurait pu deviner laquelle des deux était la cadette.

Leur popularité auprès des garçons du village les avait rendues insolentes et capricieuses. Quelques jours après son arrivée, Lucie eut des démêlés avec elles et entendit un vieux sobriquet dans la bouche de Lucien, le plus méchant de tous.

Prise de pitié pour son père et la petite Émilie, Lucie avait accepté de retourner vivre à Powerview, et de reprendre les rênes du foyer qui se détériorait de plus en plus. Elle se rendit vite compte qu'elle n'arriverait pas à faire accepter son autorité puisqu'on la considérait de nouveau comme une servante, et une fille anormale à cause de son bégaiement. Quand ses soeurs commencèrent à s'emparer de ses jupes et de ses chandails en s'amusant de ses colères, Lucie regretta sa démarche, se trouvant incapable de s'adapter au rythme d'une vie trop difficile. Ayant connu la paix et le calme sous le toit de la maisonnette de monsieur Ramsay, elle ne pouvait se plier au rôle qu'on lui imposait avec tant de malveillance. La fille bègue commença à dépérir. Monsieur Ramsay l'avait toujours traitée comme une grande personne en lui témoignant de la confiance et du respect. Depuis sa mort, elle recevait régulièrement un chèque de sa belle-soeur de Montréal. Hélas! à la maison, on réussissait à lui en soutirer la plus grande partie en promettant de tout remettre, et, si elle refusait d'écouter les demandes, elle était qualifiée de "gratteuse".

Les enfants au foyer grandissaient sans l'aide d'une main énergique pour empêcher que ne s'installe la loi de la jungle. Après huit mois de vie tumultueuse, Lucie décida de se chercher un emploi à l'extérieur. Son père refusa ce coup du sort puisque, selon lui, il coulerait à fond advenant le départ de sa grande fille. Mais Lucie avait repris sa démarche de chien battu: elle se reconnaissait à peine quand elle se regardait dans la glace, même si son père l'amenait au restaurant de temps à autre pour changer le cours de sa routine abrutissante.

Un jour, elle écrivit à la soeur Jeanne Mance:

Powerview, 30 avril 1958

Ma Soeur,

Je suis chez nous depuis huit mois. It is a hell of a place. Je veux sortir d'ici le plus vite possible. Peux-tu trouver une place pour moi à Saint-Boniface? Je connais Soeur Arpin chez les Soeurs Oblates et je pourrais rester avec elle. Réponds vite, ma Soeur. Je pars de Powerview, certain.

Lucie

Le mercredi, en se rendant au bureau de poste de Pine Falls, Lucie aspirait de tout son coeur à une délivrance prochaine. Elle se sauverait de la maison pendant l'absence de son père. Deux jours passèrent. La sixième journée, une enveloppe impressionnante lui fut remise après la signature de son nom dans un cahier bleu.

Sur le chemin du retour, le vent la pénétrait jusqu'aux os et le gumbo collait à ses bottes, formant autour de la semelle une frise noire qui décorait le caoutchouc blanc. Comme toujours, on passait à côté d'elle sans lui offrir de monter. Elle était redevenue la folle à Lauzon. Auxieuse de connaître le contenu de la lettre, elle en décacheta l'enveloppe, une fois engagée dans le terrain de golf. Elle lut:

Winnipeg, le 7 mai 1958

Chère madame,

Votre belle-soeur avait hérité de la fortune de son frère, monsieur Édouard Ramsay, votre défunt mari. Ce dernier lui avait alors recommandé de pourvoir à tous vos besoins et de vous céder plus tard sa fortune. Madame Malone est décédée subitement au manoir Drummond à Montréal, il y a trois semaines. Veuillez donc vous présenter à mon étude dans le plus bref délai. En remplacement de la pension que vous receviez de la succession de feu Édouard Ramsay, vous recevrez une somme qui vous revient de plein droit.

Joseph Lacroix,
avocat

En servant le souper, ce soir-là, les yeux rougis de Lucie n'attirèrent aucunement l'attention de la famille: il était si normal de la voir pleurer. Cependant, la longue enveloppe qui dépassait la poche de son tablier excita la curiosité de Lucien, toujours aux aguets avec ses yeux de fouine fureteuse. Dès que sa soeur alla s'asseoir dans la balançoire avec Émilie, il glissa la main dans la poche du tablier, suspendu derrière la porte de la cuisine, et entra dans la salle de bains.

- Ah! le vieux avait de l'argent, soupira-t-il avec satisfaction, après une lecture hâtive du précieux document.

Le lendemain, Lucie, toute perplexe, ne comprenait pas pourquoi Lucien s'offrait à vider la laveuse, et à transporter les seaux d'eau sale dans la bouche d'égoût. Bien plus, il l'informa gentiment des heures de départ de l'autobus quand elle parla d'aller à Winnipeg.

En lui remettant un chèque de $71,575.26, l'avocat recommanda à madame Ramsay de consulter une personne sérieuse; il lui donna quelques suggestions, la laissant libre de s'informer ailleurs avant de placer son héritage. La récipiendaire se rendait compte qu'elle tenait une fortune entre ses mains. Qu'allait-elle en faire? À qui en parler? Si sa famille l'apprenait? Il lui fallait compter sans l'aide de son père qui s'était mis à boire et lui adressait rarement la parole. Garder un secret était chose facile pour Lucie: elle décida donc de se taire avant de reprendre le chemin de Powerview.

En descendant de l'autobus, elle aperçut Lucien qui flânait en buvant un "coke" devant le restaurant Moscovitch. Sautant dans "sa" voiture, il la rejoignit pour la ramener à la maison. Au début, pour la convaincre de lui céder la Pontiac de Ramsay, il s'était engagé à la conduire chaque fois qu'elle l'aurait demandé. Tout comme sa mère, Lucien réussissait facilement à enjôler les personnes dont il pouvait tirer quelques profits; s'il échouait dans son projet, il devenait méchant et acariâtre. Craignant d'avoir à payer trop cher le refus de la voiture, Lucie avait acquiescé à son caprice. Assise près de lui, elle risqua un commentaire:

- C...C...C'est la c...c...cinquième fois qu...qu...que...

- I'm sorry Lucie. J'vas faire attention maintenant.

- P...P...P...Pourquoi m...m...m...maintenant?

Lucien éclata de rire, se gardant bien de révéler la cause de sa galanterie à celle qu'il avait toujours tournée en ridicule.

Mais à mesure que s'égrenaient les jours, l'anguille sous roche l'intriguait de plus en plus et il épiait chacune des sorties de sa soeur. Un samedi, un appel téléphonique lui mit la puce à l'oreille. Lucie avait répondu:

- Y...Yes... I'll be there.

- I'll b...b...be alone.

- The...the...eight o'cl...cl...ock bus.

Habillée de son mieux, elle prit l'autobus un lundi matin, alors qu'il pleuvait à boire debout en ce début du mois de mai. Les écoliers s'arrêtaient le long du chemin: saisissant un morceau de bois ou une branchette, ils décrottaient habilement leurs chaussures. La boue était exécrable dans ce coin du Manitoba. Le vieux Lajeunesse avait raconté qu'au début de la colonisation, un cheval était resté prisonnier dans le gumbo de Powerview; on avait dû le tuer parce que les hommes les plus costauds avaient échoué en tentant de le dégager du bourbier.

Aujourd'hui encore, si les galoches collaient dans la boue, valait mieux les y laisser car on perdait son latin à vouloir les sauver. On avait beau mettre du gravier, des tonnes de gravier, le gumbo avalait le sable et les cailloux comme du bon pain. Plus on lui en donnait, plus il en voulait, tel un chancre affamé dans de la chair humaine.

La sagacité cruelle de Lucien était aux aguets. Il se répétait:

- Deux voyages dans un mois, c'est fort. Y se passe queque chose. C'téléphone-là... Faut fouiller un peu pour voir ça.

En attendant Jerry pour se rendre à la salle de billards au Lac-du-Bonnet, il songeait à la cachette de Lucie. Son grand menton en galoche remuait nerveusement, sous ses éternels verres fumés qui lui donnaient un air atrocement malsain. Il mâchait avec rage. Deux fois, il ouvrit la porte du réfrigérateur et s'empara de la pinte de lait. Au souper, il niera y avoir touché si on l'accuse et la guerre éclatera.

Lucien considérait le bien des autres comme le sien propre. Que de fois, il avait volé dans les magasins des deux villages avoisinants! La dernière fois, il avait avoué à un policier de la Gendarmerie royale du Canada qu'il avait fait le coup pour des gars qui lui avaient promis des épaules de joueur de hockey s'il leur fournissait des balles pour leur fusil de chasse. Lucien avait touché la récompense mais il avait été pincé par la propriétaire du magasin lors de la deuxième série de vols.

L'aventure lui avait valu trois mois à l'institution de Portage, là où se trouvait actuellement son frère Guy. À Portage, Lucien avait été le plus heureux du monde. Des sports à son goût! Des repas chauds et abondants! Un lit à lui seul! Des compagnons qui ignoraient tout de la conduite de sa mère et l'écoutaient religieusement quand il leur parlait d'elle avec des accents de tendresse. Il la dépeignait telle qu'il l'aurait souhaitée: belle, dévouée et l'aimant follement. Malheureusement, à la sortie de l'institution correctionnelle, ses anciens amis l'avaient repris dans leurs filets. Il songeait à tout cela quand éclata la voix rieuse de Jerry:

– Salut, Lucien!

– Salut toé! Viens vite. Lucie est en ville pour la journée. Imagine-toé qu'elle a reçu de l'argent du vieux Ramsay. Veux-tu m'aider à fouiller? C'est ta ligne toé.

– Hurry! s'écria Jerry en se précipitant dans la chambre des filles.

Il ne détestait pas ce coin qui lui rappelait ses ébats amoureux avec Florence, de trois ans son aînée. Lucie, qui couchait dans le salon, bénéficiait d'un petit tiroir de commode dans cette chambre où tout était rangé dans un état parfait. Les deux gars malhonnêtes commencèrent leurs fouilles en relevant les coins du linoléum, en soulevant le matelas, en déplaçant tous les meubles et même les cadres suspendus aux murs. Rien!

– Émilie! Le linge d'Émilie! dit Jerry.

– Hurry! cria Lucien après quelques secondes. Des lettres icitte!

Comme on examina avec attention le précieux chèque fait au nom de Lucie! Toute une somme! Les yeux de Lucien avaient des reflets de folie pendant que ses lèvres mordillaient avec passion la Du Maurier entre ses dents malpropres.

- What a sum! répéta Jerry dans un demi-souffle. Tout ce qu'on pouvait acheter avec la moitié de ce magot! pensa-t-il en lui-même.

- Écoute Lucien, j'ai une idée.

- Moé, deux.

Tout le reste de l'après-midi, les deux comparses échangèrent des idées, assis dans un coin de la véranda entourée de toile moustiquaire. On aurait dit des détectives pesant le pour et le contre d'une mission dangereuse. Pas une farce. Pas un mot inutile. Cette journée-là, leur musique assommante qui empêchait les petites vieilles de faire leur sieste habituelle n'éclata pas. Le front ridé et la bouche figée, ils regardaient droit devant eux sans même voir les piétons qui passaient sur la route poussiéreuse où la pluie n'avait laissé aucune trace sous l'ardeur des rayons du soleil manitobain. Vers huit heures, ils se dirigèrent vers l'arrêt de l'autobus. Encore une demi-heure et Lucie arriverait de Winnipeg.

Pendant le voyage d'aller, Lucie s'était trouvée près d'un Indien du Fort Alexandre, monté dans l'autobus au Lac-du-Bonnet. S'il chancelait passablement, il n'effrayait pas du tout Lucie, habituée qu'elle était à ces pauvres diables. Que de fois, elle les avait vus, enivrés, assis calmement sur les marches du perron du magasin Baie d'Hudson, à Pine Falls. Les Indiens étaient chez eux sans l'être depuis que la Compagnie Abitibi Paper avait loué leur terrain pour une période de quatre-vingt-dix-neuf ans avec promesse de leur fournir des emplois. Malheureusement, peu d'entre eux avaient consenti à travailler. Pourquoi aller s'enfermer dans cette geôle quand ils pouvaient aller faire la chasse ou la pêche, lever le coude de temps en temps et faire l'amour aux "squaws"? Pas besoin de cet esclavage pour vivre heureux?

Le voisin de Lucie avait levé vers elle un regard alourdi pour lui dire très poliment:

- I love you.

Lucie n'avait su comment réagir à cet aveu. L'Indien s'était mis à lui parler plus fort espérant une réponse de la grande fille blonde pendant que les voyageurs s'esclaffaient à chaque déclaration d'amour du pauvre gueux.

- On rira toujours de moi, pensait Lucie en essuyant quelques larmes.

7

À Winnipeg, après avoir à peine touché un "hot dog", au comptoir du terminus, elle avait attendu l'arrivée de l'autobus pour Mariapolis. Ne pouvant s'expliquer ce qui la tourmentait intérieurement, elle essayait de compter les déboires et les bons moments de son existence. Sa volonté de réagir était le son de cloche l'avertissant de chercher ailleurs qu'à Powerview une route qui déboucherait sur des sentiers plus prometteurs.

Elle était décidée à provoquer un changement dans sa vie monotone au service de son père. Son bégaiement l'avait toujours humiliée. Cependant, ses deux années vécues avec monsieur Ramsay lui avaient prouvé qu'il y avait lieu d'espérer. Elle épouvait un immense besoin d'être aimée. Elle serait si reconnaissante de l'amitié qui la ferait vivre pleinement. Elle faisait donc un retour en arrière et rêvait d'un avenir plus heureux en exhalant de longs soupirs qui attirèrent l'attention d'une voyageuse à ses côtés. Cette dernière crut que la jolie demoiselle s'impatientait d'attendre l'autobus pour la région de la Montagne.

Le couvent avait été accueillant mais Lucie l'avait trouvé froid et trop propre. Heureusement, la soeur Jeanne Mance la soulagea de sa gêne en la faisant monter dans sa classe au deuxième étage de l'école. Comment expliquer sa sympathie grandissante à l'égard de Lucie? Était-ce depuis que sa soeur Lilianne était réduite à articuler un long chapelet de sons vagues et mystérieux à la suite d'un accident de voiture?

- J'ai une place pour toi à Somerset, Lucie.

- M...M...M...Ma soeur, je suis r...r....riche.

La soeur Jeanne Mance retint son souffle.

- J...J...J'sais pas quoi faire. Ça vient de mon mari.

- Mets cet argent en banque. Non, parles-en à ton père. Non, va voir monsieur le curé. Non, un avocat. Ah! je ne sais plus. Viens plutôt tout raconter à soeur supérieure.

Décidément, la religieuse s'énervait un peu. Quand on a fait le voeu de pauvreté et qu'on ignore le chemin de la banque, comment se lancer dans des placements d'argent? Valait mieux laisser parler celle qui s'y connaissait. Les deux femmes de Dieu mirent plus de temps à essayer de placer l'argent de Lucie que Lucien et Jerry à le dépenser en attendant avec impatience la naïve héritière.

En ce moment, l'autobus roulait trop vite. Ceux qui voulaient sommeiller en étaient empêchés par les éclats bruyants de deux adolescentes qui se passaient l'une à l'autre un bocal de poissons dorés. Le chauffeur avait éclaté de rire en les entendant annoncer qu'elles avaient trois poissons au lieu de deux. Lucie aurait voulu s'amuser de la farce mais elle avait mal au coeur et la tête lui faisait si mal. Comme elle souhaitait revoir monsieur Ramsay et lui dire à quel point elle était malheureuse! Elle irait travailler au presbytère de Somerset en attendant de trouver un emploi plus agréable. Quant à son argent, l'avis de la supérieure valait la peine d'être considéré.

- Vaut mieux déposer ton argent à la banque de Somerset et n'en parler à personne pour le moment, avait déclaré la soeur d'un ton solennel.

L'autobus s'engagea soudain sur un mince ruban de terre qui traversait une mer d'eau. Une fois de plus, la rivière Rouge avait quitté son lit et noyé des centaines d'acres de terre. Pauvres agriculteurs! Avec frayeur, on regardait le danger qui encerclait le véhicule. Si l'autobus s'enfonçait dans un endroit trop mou, il verserait sur le côté.

- Stay put, cria le chauffeur aux passagers qui s'étaient levés.

Lucie ferma les yeux, souriant à l'idée de se voir englou-tie. La mort de monsieur Ramsay, la conduite étrange de son père, le silence mystérieux de sa mère, le froid entre elle et ses soeurs, l'ennui dont elle souffrait, la grosse somme d'ar-gent à cacher, autant de soucis qu'elle aurait voulu oublier. Pendant que l'autobus avançait à peine, Lucie gardait la tête enfoncée dans l'oreiller du fauteuil confortable. Indifférente au danger qui se prolongeait, elle ferma les yeux.

Son père et sa mère avait rajeuni de dix ans et vivaient dans une grande maison entourée de fleurs, sur le bord de la rivière. Lucie était assise avec eux dans le salon; on lui parlait et elle répondait sans bégayer. Toute la famille l'aimait. La mère s'occupait de chacun de ses enfants et ne sortait qu'ac-compagnée de son mari la plupart du temps.

- Ticket, please.

Lucie sursauta. L'autobus s'était arrêté et tous les voya-geurs s'alignaient vers la sortie. Quoique tout engourdie, elle se rendit compte qu'elle était à Pine Falls, ayant passé le village de Powerview pendant son sommeil. Un mille et demi pour rebrousser chemin...

- Gosh! P...P...Pourquoi aussi j'ai...j'ai...j'ai dormi?

En traversant la rue principale, elle ne reconnut personne parmi les Anglais et les Indiens qu'elle rencontra. Le vieux Métis, concierge à l'école Couture de son village, était assis sur les marches d'un perron.

- B...B...B...Bonjour.

- Allô, Lucie, répondit-il en crachant presque sur les jambes de celle qu'il taquinait toujours sans méchanceté. Tu viens de Winnipeg?

- J'ai...J'ai...J'ai été v...v...voir le d...d...docteur.

- T'es-tu malade?

- J'ai...J'ai...J'ai...m...m...m...mal au dos.

- Tu sais-tu quoi? J'ai perdu ma job, école.

- Why?

- La clique de Bolduc éta contre moé pour prendre le grand Nolin.

- Maudit! lança Lucie, sûre de ne pas bégayer en employant ce juron.

- Lucie, quand c'est que t'as pas d'amis, c'est tough la vie.

Et le vieux se leva, se donna deux tapes sur les fesses pour secouer la poussière de son pantalon rapiécé une dizaine de fois par sa femme indienne; il s'éloigna la tête basse et le coeur gros.

- Seule, pensa Lucie. La vie va être tough pour moi aussi parce que je suis seule.

Dans le terrain de golf, la marcheuse ralentit le pas au chant fascinant des oiseaux. Quelle chance de jaser sans bégayer! Pourquoi ne pouvait-elle dire ses mots comme tout le monde? Avant de s'adresser à un inconnu, elle savait qu'elle bégayerait et qu'on la regarderait avec des yeux hébétés. Sous un liard, elle observa deux jeunes canaris qui se courtisaient. Poussée par le désir de les prendre dans ses mains et de les caresser, elle s'approcha doucement de la branche sur laquelle ils se balançaient. Que de fois elle sentait le besoin d'avoir quelqu'un à aimer, à protéger! Soudain, un écureuil lui frôla la jambe. Ayant reconnu la petite bête qu'elle avait gorgée de pistaches plus d'une fois, elle lui dit un peu navrée:

- B...B...Ben, today, j'ai nothing pour toé.

Elle reprit son chemin après avoir fait quelques promesses à la boule de fourrure qui voulait se faire gâter. La coulée se dessina devant elle. La coulée! Un frisson la parcourut. Un jour...là... La joie avait été courte...seulement le temps de couvrir la distance jusqu'au terrain de stationnement du motel où elle avait accepté un verre pour se réchauffer. Un cri retentit:

- Lucie, embarque avec nous autres.

Les mêmes gars l'attendaient! Son coeur battit deux gros coups dans sa poitrine. Tournant vite les talons, elle voulut courir vers le village; la peur l'empêchait d'avancer parce que ses poumons s'étaient presque fermés en barrant le passage à l'air qui lui manquait. Tout à coup, elle devint comme une poupée de guenille, et, sans aucun obstacle venant la faire trébucher, elle s'étendit doucement dans la pelouse fraîchement coupée. Elle venait de revivre dans toute sa laideur l'incident passé. Trop énervée pour oser regarder qui l'appelait, elle ne pouvait reconnaître la voiture qui contournait la route pour la cueillir à la sortie du petit bois prolongeant le terrain de golf.

- Lucie, fas pas la folle.

- Embarque, cria Jerry.

Lentement, elle se releva en essayant de ramasser les quelques forces qui lui restaient; elle fit avec lenteur deux ou trois pas, s'arrêta, en fit deux autres, se demandant si elle pourrait se rendre au bout du sentier. Dieu! que ce cri l'avait bouleversée! Dans la voiture de Lucien — sa voiture — les deux amis ne rièrent pas de sa panique; tout au contraire, ils s'excusèrent très gentiment d'avoir crié aussi fort. Puisqu'il faisait encore jour à huit heures et demie et qu'il en serait ainsi jusqu'à dix heures à ce temps de l'année, autant en profiter et aller avec les garçons qui voulaient l'amener à la réserve indienne. Les joues de Lucie rougirent de plaisir. On l'invitait pour aller chez les "sauvages" mais elle s'en réjouissait parce qu'elle était avec quelqu'un de son âge. Quand on lui ouvrit la barrière de la réserve pour la laisser passer la première, elle se sentit gênée de marcher près de Jerry qui ne regardait que ses seins.

La réserve indienne comptait plusieurs maisons peintes en un vert choquant ou un mauve agonisant. À côté de plusieurs taudis, on y voyait une vieille auto, quelquefois deux et même trois. Des enfants sales, mais assez gras, étaient assis par terre ou sur l'unique marche du perron branlant. On jouait et on courait peu chez ces gens calmes et silencieux. Comme d'habitude, les cordes à linge étaient garnies de vêtements troués et incolores qu'on allait quérir quand le besoin se présentait. Pourquoi adopter la façon de vivre des Blancs?

Le trio s'installa au premier rang de l'estrade d'honneur, réservée au Blancs, face aux Indiens qui s'animèrent aussitôt dans des costumes éblouissants. Mille plumes ornaient la parure qui couvrait le dos, le torse et la tête des danseurs. Il fallait être artiste pour agencer des couleurs aussi flamboyantes dans un patron magnifique. Quant à la musique, elle pouvait exciter l'envie de certains faiseurs de musiquette dans la province. On virevoltait, on se courbait, on se hissait sur la pointe des pieds, on levait les jambes en cadence, on secouait les bras au-dessus de la tête en gardant un rythme presque religieux. Les Blancs applaudissaient en un geste d'admiration sincère.

Le surintendant du moulin de Pine Falls n'avait jamais été aussi détendu, excepté quand il flirtait avec les jeunes Indiennes. Ah! il en avait fait des enfants dans la réserve, ce gros Allemand aux yeux bouffis et au nez couperosé. Il était sidéré par le talent des équipes de danseurs. Pourquoi ces artistes habitaient-ils la réserve et vivaient-ils de chasse et de pêche au lieu de parcourir le pays pour faire connaître leur culture au reste du Canada? Tout à l'heure, il en parlerait au chef de la réserve, John Sawyer.

En dégustant un morceau de galette métisse et une tasse de thé bouillant avec l'aumônier de la prison de Stony Mountain, monsieur Wagner apprit que les danseurs venaient tous de cette prison. Un Indien et une Indienne de Winnipeg étaient allés leur enseigner les danses dans lesquelles ils évoluaient avec tant de grâce.

- N'avez-vous pas remarqué la dizaine de gardes qui surveillent les prisonniers? demanda l'aumônier.

- Mais il y a de beaux talents chez les Indiens, ajouta Wagner avec un air de connaisseur.

- Assez pour entrer en compétition avec les Blancs de temps en temps, répondit le prêtre.

- Mais, mon père, en ont-ils l'occasion?

- Sûrement. L'année dernière, le professeur Rivers de l'Université du Manitoba a monté une pièce de théâtre avec eux et ils ont remporté le premier prix au festival régional. Je vous dis que les troupes de Winnipeg n'ont pas encore digéré leur défaite.

- Bonsoir Lucie, cria soudain l'abbé Lansard. Que fais-tu ici?

- J...J...J'sus venue avec Lucien et Jerry.

- On l'a amenée voir la danse, dit Lucien, satisfait de sa bonne action.

- Viens me voir demain, ajouta le prêtre. Je couche au presbytère de Powerview ce soir.

Le lendemain, Lucie était au rendez-vous dès neuf heures. Connaissant les habitudes de ce Québecois qui se levait très tôt pour écrire des tas de lettres ou lire la moitié d'un livre, elle savait qu'il serait disponible à cette heure-là. Installée dans un gros fauteuil de cuir brun, elle parla et parla, bégaya et bégaya. Mais l'ancien curé Lansard avait le temps. Il fumait un cigare qu'il avait tiré d'un petit étui de métal blanc et allumé selon un rituel particulier aux vrais fumeurs.

- Un cigare d'une piastre, pensait Lucie, en regardant la main blanche qui l'avait baptisée.

Il la demandait toujours pour aider la ménagère du presbytère qu'il avait fait construire, ainsi que l'église dont il comptait demeurer pasteur jusqu'à la fin de sa vie. Lucie savait qu'il ne s'arrangeait pas avec la soeur supérieure qui était trop "bosseuse", selon les religieuses qui parlaient de guerre froide entre les deux autorités du village. Quand le curé Lansard avait quitté la paroisse, il était parti comme un malfaiteur, ne laissant qu'une petite note sur la porte de l'église. Il était allé en Ontario, retourné au Québec, ne voulant plus revenir au Manitoba. Un été, en se rendant dans l'Ouest, il s'était arrêté à Winnipeg pour y saluer un ami; à son retour de la Colombie-Britannique, il avait accepté le poste d'aumônier de la prison à Stony Mountain où plusieurs Québecois étaient détenus.

- Comme ça, tu es riche, Lucie, et tu t'en vas à Somerset?

Lucie avait dévoilé son secret à l'abbé Lansard; elle faisait confiance à ce prêtre qu'elle avait connu toute petite et qui avait toujours eu pitié d'elle.

- B...B...Ben, s'tu O.K.?

- Ça dépend. Tu me dis que Lucien ne veut pas que tu partes? Est-ce qu'il sait que tu as tant d'argent?

- P...P...Pas d'danger!

Mais quand Lucie ajouta qu'on avait fouillé le tiroir de ses effets personnels et que Lucien prenait toujours sa défense dans ses démêlés avec les autres, les lèvres de l'ecclésiastique se pincèrent. Il croisa et décroisa plusieurs fois ses longues jambes en regardant Lucie plus attentivement. Mais oui, elle était très jolie. Finalement, il lança:

- Vas-y à Somerset, Lucie. Maintenant, je dois aller à Pine Falls. Viens avec moi et profites-en pour déposer ton chèque à la banque.
- I don't know how.
- Je vais t'aider. Allons vite chez toi.

Quelques minutes plus tard, la Chrysler de l'abbé Lansard s'arrêta devant la maison des Lauzon; Lucie se hâta d'aller à la chambre des petites filles pour y quérir la longue enveloppe blanche qui intriguait tellement Lucien.

- Ça parle au diable, siffla Lucien qui avait tout vu.

En guettant la voiture qui se dirigeait vers Pine Falls, Lucien écrasa avec rage une cigarette encore toute fraîche.

8 La messe de minuit allait commencer. Les chaises alignées dans les trois allées de l'église avaient décongestionné l'arrière de la nef. Parlant à haute voix et s'allongeant le cou pour saluer une connaissance, on surveillait l'entrée solennelle du célébrant avec le défilé de l'Enfant-Dieu.

- D'où sortent toutes ces têtes? se demandait le brave curé Dupré.

En arrivant à Somerset, il avait annoncé que les services religieux seraient dorénavant en français. Les pétitions, les manifestations, les lettres et les coups de fil anonymes n'avaient pas réussi à ébranler cette volonté de fer qui avait rétorqué aux anglophones:

- Vous avez des autos, allez à Swan Lake.

Le plus aberrant dans cette querelle, selon les articles du *Free Word* qui en faisaient rigoler plus d'un, c'était l'attitude de certains francophones influents. Ils jouaient le jeu des ennemis acharnés en répétant sur tous les tons:

- La paroisse doit être bilingue.

- On ne veut pas passer pour des arriérés.

- On est au Manitoba, pas au Québec icitte.

- Mais, être bilingue au Manitoba, s'époumonait le curé, c'est parler plus souvent en anglais qu'en français.

- Il faut être de son temps, disaient les commissaires d'école, désireux de se faire réélire aux élections de janvier.

Les Canadiens français s'étaient-ils donné le mot pour prendre place devant la statue de la sainte Vierge qui semblait un peu plus dégourdie que d'habitude? Et les Anglais pour se grouper devant celle de saint Joseph? Des Anglais! Plutôt des Polonais, des Flamands, des Ukrainiens, des Islandais, des Hollandais, des Irlandais, et d'autres, sans oublier les Judas francophones.

Le *Cà, bergers* éclata avec tant d'allégresse que Dorothée Lamy en eut le coeur chaviré. Elle se leva, traversa l'allée et alla s'asseoir à côté de son frère.

- Cé beau du français, cé pas à dire.

- Entéka, t'es mieux icitte avec ton monde.

Le curé monta en chaire avec un sourire susceptible de désarmer les plus mécontents. Il parla de la naissance du Dieu d'amour et de son voyage au Québec. De l'initiative des contestataires, pas un mot. À vrai dire, il n'était pas fâché de donner l'occasion à quelques paroissiens de s'aguerrir un peu dans leur confrontation avec les anglophones. La foule chanta *Il est né le divin enfant*. En ramassant sa tuque et ses mitaines, la vieille Daigle fit remarquer à Donais que cette année on n'avait même pas chanté le *O come all Yee, faithful* ou les autres chants anglais qu'enseignaient les religieuses "anglicisées" à l'école.

Lucie était bien au courant de la crise qui secouait le village de Somerset depuis que les échos pleuvaient dru au presbytère. Le curé s'énervait en oubliant de manger, d'aller faire le catéchisme; par ailleurs, il maîtrisait assez bien ses impulsions visant à donner l'impression de ne rien prendre au sérieux.

— Il en coûte donc beaucoup de conserver sa langue, pensa Lucie.

Jamais on lui avait donné des raisons quelconques pour l'encourager à parler français. Bien sûr, certaines religieuses roulaient de gros yeux si elles entendaient de l'anglais dans la cour de récréation; par contre, les Américaines, les Anglaises et même quelques Manitobaines se souciaient peu de "sauver" la langue française comme elles le disaient dans le dos de la supérieure.

Dès les premières semaines de son arrivée à Somerset, Lucie essaya de parler français, tout spécialement en présence de monsieur le curé et de madame Pomerleau. Malheureusement, elle bégayait beaucoup plus en français qu'en anglais; pour la mettre en confiance, ses hôtes lui avaient offert de répondre à la porte et au téléphone. Toujours bien mise, la servante devenait une vraie demoiselle quand elle pouvait articuler sans bégayer:

— Un instant, je vais prévenir monsieur le curé. Veuillez vous asseoir en attendant.

Ce soir, la tristesse bouleversait son coeur alors qu'elle assistait à la messe de minuit et que monsieur le curé discourait sur la fête de l'amour. Le regard qu'elle promenait dans la nef ne rencontrait que des couples. Sûrement, quelques-uns d'entre eux se fianceraient à l'occasion d'un joyeux réveillon familial. Elle souhaita soudain la présence de son père. Que faisait-il en ce moment? Était-il à l'hôtel ou à l'église? Que faisait sa mère à Vancouver? Émilie? La petite fille qu'elle avait eue? Elle passait si aisément l'oubli sur toute insolence, qu'elle imagina la fête de Noël avec sa famille à Powerview.

L'âme émue, elle descendait les marches du perron de l'église quand on la tira par la manche. Se retournant brusquement, elle aperçut Jerry; près de lui, Lucien, tout pétillant de jeunesse. Pour une surprise! Les deux étaient souvent venus à Somerset depuis son arrivée au mois de juin. Par affaire, disaient-ils avec conviction. Cette nuit, à la même question de Lucie, ils répondirent:

- On vient pour toé.

Le curé et madame Pomerleau accueillirent les visiteurs de Lucie avec joie. Des rires frais et jeunes dans l'air du presbytère rendaient la salle à manger moins austère. Les tourtières n'eurent pas le temps de refroidir et le curé déboucha une quatrième bouteille de vin. Vers trois heures du matin, tout le monde s'endormait, à l'exception de Jerry qui demanda un verre d'eau à Lucie et s'empressa de la suivre à la cuisine. Debout derrière elle, il lui encercla la taille et la baisa au cou.

- I love you Lucy.

Incapable de résister verbalement, Lucie se dégagea énergiquement de l'étreinte de Jerry: le regard honteux et le visage rougi, elle s'empressa de rejoindre les autres dans le salon. Ses yeux timides demandèrent à monsieur le curé s'il avait vu ou entendu quelque chose. Étant homme à se mêler de ses affaires, le maître de la maison n'allait pas exprimer le moindre des soupçons. Son attitude rassura la pauvre fille, mais elle dormit bien peu après le départ des gars de Powerview.

Le mercredi suivant, la servante du presbytère recevait une longue lettre d'amour de Jerry, annonçant sa visite pour la fête des Rois. Il vint, nerveux et impatient de clarifier sa situation avec Lucie; cette dernière, surprise et gênée, ne put prononcer trois mots de suite.

Vers le mois de mars, elle aurait accumulé un nombre impressionnant de lettres d'amour si elle n'avait pas pris soin de les détruire régulièrement. Le soupirant, qui venait seul la plupart du temps, à chaque dimanche, lui écrivait durant la semaine.

- J'comprends rien. J...J...JJ...Jerry me fait peur, avoua-t-elle à madame Pomerleau, pas du tout impressionnée par l'assiduité de Jerry.

Quand Lucien accompagnait Jerry, une petite semonce terminait la visite au moment de l'adieu. Il reprochait à Lucie sa froideur, son indépendance envers un si bon garçon...

- I va s'tanner.

- I don't care, disait Lucie.

- T'as de la chance qui s'occupe de toé.

- P...P...Pas besoin de lui.

- Il t'aime.

- Moé, j...j...j...j'l'aime pas.

- Tête de pioche, criait Lucien.

- VVVV'nez pus, répondait Lucie.

- Veux-tu faire une vieille fille?

- GGGo away, ajoutait-elle, visiblement ennuyée par les deux.

Mais les importuns visiteurs frappaient encore à la porte du presbytère. Fatigué, le curé les recevait avec moins de libéralité alors que la ménagère essayait de les éviter. De temps en temps, ils offraient à Lucie une bouteille de parfum, une boîte de chocolat ou un bijou.

- Des cadeaux volés, avait dit Lucie à la ménagère.

Le dernier dimanche du mois de mai, Jerry et Lucien furent étonnés de ne pas trouver Lucie à Somerset. Ne croyant pas à son absence, ils manquèrent de tact en insistant pour la retrouver.

- Quand on a près de vingt-trois ans, dit madame Pomerleau, on peut se permettre de bouger sans la permission de l'Église.

Les deux garçons, remarquant le ton autoritaire de la

dame, lui dirent poliment qu'ils reviendraient une autre fois.
À peine la Pontiac eut-elle disparu au bout du village que la
ménagère rejoignit le curé qui l'attendait pour se rendre à
Swan Lake ou Lucie avait subi une intervention chirurgicale
deux jours auparavant.

Dans le couloir de l'hôpital, on s'arrêtait pour saluer bien
bas l'homme de Dieu, lui prendre la main ou lui demander
des prières. La foi était grande dans le coeur de ces gens; leur
culte presque exagéré pour le prêtre embarrassait ce dernier
qui se trouvait indigne de tant de vénération.

  - Guess what? s'écria Lucie en apercevant les visiteurs. I
don't stutter anymore.

  - Qu'est-ce que tu dis?

  - Madame Pomerleau, j'parle comme tout le monde. Le
docteur comprend rien; il dit que c'est extraordinaire ce qui
m'arrive.

L'infirmière, qui entra, expliqua que c'était sans doute un
effet de l'anesthésie. Ce genre de phénomène pouvait se
produire si le système nerveux réagissait favorablement à la
dose de drogue absorbée par la malade. Le curé et sa servante
prirent Lucie par le cou et l'embrassèrent plusieurs fois,
sincèrement émus de partager son bonheur. Jamais auparavant, la pauvre fille n'avait éprouvé autant de joie; elle avait
tant et tant à dire qu'elle ne se rassasiait pas de parler et de
rire. À vingt-trois ans, elle devenait une fille normale, capable d'avoir un emploi autre que celui de servante dans un
presbytère, et apte à se marier si elle rencontrait et aimait un
garçon de son âge.

Dès la première visite à sa patiente, le chirurgien lui avait
appris qu'elle n'aurait jamais d'enfant. Stupéfié à la vue du
mauvais état de ses glandes génitales, il avait procédé à
l'ablation des deux ovaires, au lieu d'un seul, tel que prévu.
Par contre, après un nettoyage interne très délicat, il avait
"sauvé" l'utérus.

  - Tu as donc subi une ovariectomie, dit le curé un

peu songeur.

Alors que la nouvelle du médecin faisait réfléchir le curé Dupré, Lucie ne parlait que du prodige qui venait de lui arriver. Elle s'imaginait entendre une autre personne quand le chirurgien ou les infirmières amenaient des collègues converser avec celle qui ne bégayait plus. Sa joie s'était communiquée aux patients circulant dans les couloirs, ainsi qu'à ceux incapables de quitter leur lit. Une dame Thompson lui avait fait parvenir une gerbe de fleurs accompagnée d'une petite carte portant ces mots: "Let me rejoice with you and wish you happiness for the rest of your life", une façon aimable de témoigner sa reconnaissance à cette jeune fille qui ne craignait pas de s'approcher d'elle, malgré l'odeur repoussante que dégageait son corps mourant.

Pendant que le curé visitait d'autres patients, madame Pomerleau lui parla des conséquences sérieuses qui découleraient de l'intervention chirurgicale. Elle lui dit que les hommes, ordinairement, ne voulaient pas épouser une femme victime d'une telle mutilation. La ménagère parlait en connaissance de cause puisque cette malchance lui était arrivée vers l'âge de vingt ans; cela expliquait clairement les raisons de son célibat.

Lucie venait de comprendre qu'elle devrait se résigner à ne jamais connaître l'amour d'un homme. Maintenant, qu'elle ne bégayait plus, elle devait accepter un autre handicap presque aussi sérieux que le premier. Encore toute en larmes, une demi-heure après le départ de la ménagère, Lucie alla confier son chagrin à madame Thompson qui lui serra la main en disant:

- Lucie, tu vas oublier cette opération et te répéter que tu es une femme normale. Madame Pomerleau a exagéré. Quitte le presbytère si tu peux te trouver un autre milieu plus adapté à ton âge. Tu es une belle fille qui a toute la vie devant elle. Il n'est pas bon de demeurer coincée entre l'église et le cimetière. Tu dois rencontrer des garçons car tu as des chances d'être aimée. Tu sais, Lucie, on peut avoir des enfants et ne pas être une mère pour ses enfants. On dit qu'il y a beaucoup de mères qui ont des enfants, mais peu d'enfants qui ont une mère. La vraie mère est celle qui éduque et qui aime.

Personne mieux que Lucie ne pouvait comprendre la signification de ces paroles devenues germes de méditation dans son âme neuve, assoiffée de vivre. C'était là tout le drame de sa vie. Martha Lauzon n'avait jamais été une mère pour elle. Les femmes qui avaient tenu ce rôle avaient été la soeur Jeanne Mance, la tante Stella et madame Pomerleau.

Persuadé que Lucie se cachait dans le presbytère, de complicité avec la ménagère, Jerry essaya de surprendre son jeu. Sachant qu'elle était réceptionniste, il téléphona une dizaine de fois et se présenta deux fois à la résidence sans s'annoncer. Avec froideur, madame Pomerleau refusait toujours de dire où se trouvait Lucie.

Au mois de juin, il réussit enfin à revoir celle qu'il harcelait de ses avances. Vêtue d'une longue robe de chambre bleu turquoise, la convalescente, assise sur la véranda, lui était apparue comme une étrangère. Elle ne bégayait plus; son nouveau style de coiffure, ses gestes calmes, sa démarche plus féminine, et surtout sa taille amincie l'avait transformée, marquant ainsi un contraste très prononcé avec le physique vieilli de Jerry.

Ils avaient surtout parlé de la famille Lauzon. Si Lucie s'appliquait à garder le sujet de conversation sur les personnes, Jerry risquait des questions très personnelles sur les projets de celle qu'il observait maintenant avec concupiscence. Un désir de jouissances charnelles venait de s'allumer en lui. Reviendrait-elle à Powerview? Se rapprocherait-elle de Winnipeg? La reverrait-il régulièrement? Autant de questions dont les réponses auraient pu lui permettre de supputer ses chances de succès auprès de la riche et appétissante soeur de son meilleur ami.

L'entretien demeura sur la même note de politesse froide. Peu à peu, Jerry avait senti le fossé entre eux, résultante de la nouvelle et forte personnalité de Lucie.

De retour à Powerview, il apprit à Lucien que Lucie avait subi des traitements pour corriger son défaut de langue. Pour Lucien, l'affaire était plausible, étant donné que la fortune de sa soeur lui permettait de consulter les meilleurs spécialistes. Par contre, il défendit à Jerry de s'avouer vaincu. Lucie ne devait pas leur échapper.

9

- Viens à Mariapolis, lui avait dit la soeur Jeanne Mance au cours d'une visite à l'hôpital de Swan Lake. Je n'ai qu'à te recommander aux Guimont qui sont à la recherche d'une servante pour leur magasin général.

Ignorant tout de la mauvaise réputation des Lauzon de Powerview, monsieur Guimont avait accueilli Lucie en se fiant au bon jugement de celle qu'il appelait sa "blonde". La soeur Jeanne Mance pouvait lui demander quoi que ce soit. Il avait toujours le temps et l'argent nécessaires pour les bonnes oeuvres de la religieuse.

Lentement, Lucie adopta un nouveau style de vie, un style de vie auquel elle avait maintes fois rêvé, mais jugé irréalisable pour une fille comme elle. À Mariapolis, en fin de semaine, elle sortait avec Georgette, la fille adoptive des Guimont. Les deux allaient danser au club du village ou se rendaient voir du cinéma à Somerset.

Un jour, en revenant d'une partie de baseball à Swan Lake, les deux sportives s'arrêtèrent pour vérifier un pneu de leur voiture. C'est alors qu'elles aperçurent le long de la route, dans l'éclaircie d'une futaie, un cimetière d'Indiens. Au lieu d'une pierre tombale sur la fosse de chaque "sauvage" s'élevait une petite maison qui faisait trois pieds de longueur sur deux de largeur. Un balcon décorait la maisonnette jaune, bleue, rose, verte ou mauve. Des bibelots, des colliers de fausses perles décoraient la façade avec des fleurs de plastique.

Georgette et Lucie avaient pris des photos et lu les inscriptions, étonnées de constater que certains Indiens vivaient jusqu'à quatre-vingt-dix ans et plus. Des mots de tendresse traduisaient un dernier élan d'amour ou un adieu aux êtres chers. Comme tout était calme dans ce coin des premiers habitants du pays! Comme tout était simple pour perpétuer le souvenir des disparus! Le soleil manitobain dardait ses rayons sur la peau jeune et lisse de celles qui méditaient sur la mort en ce dimanche après-midi. Le sable doré brûlait leurs mains et leurs genoux, chaque fois qu'elles s'agenouillaient avec révérence devant une cabane sacrée.

- Ici, c'est un homme de 98 ans.

- Ici, la femme avait seulement 22 ans.

- Ici, trois hommes sont morts ensemble.

Depuis qu'elle vivait chez les Guimont, Lucie ne disait plus "icitte" mais "ici". Comme on avait ri en l'entendant substituer "pantou" et "tout de sui" à "pantoute" et "tout de suite"! Et encore plus, le matin qu'elle s'était levée "dépressée" au lieu d'être "déprimée".

De cette réserve indienne de Swan Lake, monseigneur avait dit que c'était là où se commettaient le plus de meurtres en Amérique du Nord. À Fort Alexandre, on se faisait trop l'amour; ici, à Swan Lake, on se faisait trop la haine.

- Si l'on nous surprenait, remarqua Lucie.

- Sauvons-nous vite, répondit Georgette.

Les deux filles partirent à la course à travers le bois au lieu de reprendre le sentier battu. Si le raccourci leur valut des chardons sur leur chandail et autant d'égratignures sur leurs jambes nues, elles ne regrettèrent pas leur aventure.

- Comment as-tu vu le cimetière, Georgette?

- Je savais qu'il y en avait un; aussi, en apercevant les deux petites cabanes blanches au bord, j'ai deviné que c'était là.

- Allons faire un tour à la réserve de Swan Lake maintenant. On va voir si les "sauvages" d'ici ressemblent à ceux de Pine Falls.

- Non, j'ai trop peur. On pourrait me reconnaître. Parce que mon père refuse de leur accorder du crédit, ils pourraient se venger sur moi.

De plus en plus, les deux filles sortaient ensemble. Georgette, un peu grassette, s'évertuait à perdre quelques kilos. La mère, bonne couturière, mettait ses talents à profit en confectionnant toujours deux robes au lieu d'une, depuis l'arrivée de Lucie. Tout le village de Mariapolis les désignait comme les deux plus belles filles de la région; aussi, les garçons rivalisaient-ils de gentillesse pour se faire remarquer. À la dernière danse de l'été, en plein air, elles avaient fait tourner la tête des garçons québécois en visite chez les Moquin. Lucie, toujours un peu gênée, avait un air calme et réservé. Cependant, elle avait de l'esprit et devenait de plus en plus populaire. Depuis que Georgette la coiffait, traitait sa chevelure régulièrement, surveillait sa façon de se maquiller et insistait pour qu'elle redresse les épaules, elle se transformait en une jolie femme.

Un samedi de décembre, la soeur Jeanne Mance, au volant d'une Dodge, se dirigeait vers Winnipeg accompagnée de Lucie et de Georgette. Les voyageuses devaient coucher à la ville chez les religieuses, et le lendemain, se rendre à la prison de Stony Mountain pour y visiter le père Lansard. Georgette qui avait toujours rêvé de voir une prison avait insisté pour qu'on l'amène.

Il faisait grand vent le lendemain mais tout alla pour le mieux tant que l'auto ne s'engagea pas sur la route traversant l'immense plaine dénudée. La neige tombante glissait sur le chemin qui s'effaçait graduellement. Quand la soeur Jeanne Mance aperçut une voiture dans le fossé, elle eut peur et demanda à Georgette de prendre sa place. La nouvelle conductrice fit un mille environ.

- Tiens, une autre voiture en panne, dit-elle à voix basse.

Instinctivement, elle enleva son pied de la pédale et lut l'indicateur de vitesse.

- Quarante milles, ce n'est pas tellement, mais je suis mieux de ralentir, pensa-t-elle.

Houp! La voiture ne roulait déjà plus et évoluait à droite et à gauche comme une patineuse de fantaisie.

- Que vais-je faire? dit-elle à voix basse, en contrôlant de son mieux la Dodge devenue trop légère.

Elle savait qu'elle ne devait ni freiner ni tourner le volant trop brusquement.

- Que vais-je faire? répéta-t-elle calmement, en gardant encore la voiture sur la route malgré les figures géométriques qu'elle y dessinait.

Assise sur la banquette arrière, la soeur Jeanne Mance ferma les yeux en invoquant un des détrônés du Concile, le bon vieux saint Christophe. Lucie, s'imaginant que Georgette ne savait que faire en pareille situation, saisit le volant: la voiture changea de direction. Elle vira avec une telle rapidité que les trois se crurent perdues, avant de se retrouver dans le fossé où la voiture s'arrêta sans soubresaut comme dans un édredon de laine. Personne ne parlait.

- Merci, mon Dieu! dit enfin la soeur Jeanne Mance. On a eu de la chance.

Dix minutes s'écoulèrent avant le passage d'une autre automobile. Une dame s'offrit avec son fils — son mari avait le coeur malade — et on put remonter en voiture, et se réchauffer avant d'apercevoir la prison. Les collines sont si rares au Manitoba que la vue d'un immense bâtiment sis sur un haut promontoire a de quoi impressionner.

- Vous savez, dit l'institutrice, que l'on nommait cet endroit autrefois "la montagne de Pierre". Alors que certains disent que l'architecte de la prison se nommait Pierre et d'autres que la montagne doit son nom à l'amas de pierres qui s'y trouve, on n'ose affirmer avec certitude l'origine du nom de la prison fédérale.

- C'est comme un château de l'ancien temps, remarqua Lucie.

Les hauts murs s'élevaient dans le firmament enneigé et les briques jaunes paraissaient plus pâles là où le soleil voulait percer. D'épais grillages ombrageaient chaque fenêtre encadrée d'un châssis brun. Deux tours magnifiques ornaient chaque côté de la façade. La Dodge vira à droite, grimpa doucement la colline jusqu'à la porte principale de la prison.

Dans le hall d'entrée, une dame était installée à un bureau près duquel se tenait un garde. En face, assis en silence, sur un long banc étroit, une dizaine de visiteurs. La plupart baissèrent la tête, mais Lucie avait eu le temps de reconnaître Joe Richard de Powerview. Qui venait-il visiter? S'il fallait que ce soit Lucien ou Guy? Lucie n'osa pas adresser la parole à Joe, préférant passer devant lui sans se faire reconnaître. D'ailleurs, elle n'avait rien à craindre; ses vêtements et sa démarche assurée faisaient d'elle une toute autre personne.

Les trois visiteuses, après avoir déposé leur sac à main dans un coffret dont elles gardèrent la clef, entrèrent dans "le saint des saints".

- Êtes-vous Écossaise? demanda la dame à Georgette qui portait un béret et une écharpe en plaid.

- Non, je suis Métisse, répondit avec dignité la diplômée de l'École Balmoral, l'institution la mieux cotée de Winnipeg.

- Ah! fit la dame, le sourire figé.

- Ah! fit Georgette, en pouffant de rire au nez de la femme beaucoup plus ronde qu'elle.

Georgette aimait avouer sa nationalité seulement depuis qu'elle avait lu la triste histoire de la nation métisse. Son arrière grand-père, un marchand de vin venu de France, avait épousé une Indienne au Manitoba. Il le fallait bien; c'était la seule façon de se trouver une femme dans ce pays de misère. Comme il l'avait aimée! L'Indienne avait été fidèle, reconnaissante et très aimante. Elle qui avait appris à lire le français dans des livres venus de France avait écrit des mémoires que Georgette conservait avec un respect quasi religieux.

Le garde dégagea la serrure de deux grandes grilles, traversa un humide couloir où les fenêtres donnaient sur une cour intérieure, ouvrit une porte de fer, se dirigea au fond d'une salle aux murs froids et enfonça une clef dans une autre porte tout aussi solide que les autres.

- Il fait froid ici, gémit Lucie.

Dans la pièce, on se sentit comme dans une "vraie" église. On se hâta d'enlever son manteau afin de prendre place dans la dernière rangée de chaises pour ne pas déranger car la messe était commencée. Le père Lansard était assis dans le fond de la salle près des fenêtres. Des prisonniers, deux par deux ou isolés, portaient le costume vert traditionnel ou des vêtements personnels. Un jeune diacre anglophone parlait de la miséricorde de Dieu en demandant aux assistants d'énumérer toutes les choses pour lesquelles ils devaient remercier le Seigneur. Mieux recueillies que les autres, les trois nouvelles venues rendirent grâces au Seigneur pour sa protection sur la grande route. On se sentait encore sous l'effet du choc. Si la voiture avait capoté après le geste de Lucie! Les routes sont belles au Manitoba mais advenant une tempête de neige, il vaut mieux rester chez soi et éviter de voyager sur les artères solitaires.

À la prison, des religieuses venaient tous les dimanches assister à la messe des prisonniers. Après, elles en profitaient pour converser avec eux. Elles exerçaient ce genre d'apostolat à la demande du père Lansard et à la suite d'une série de lettres dans le journal *La Liberté* signées par des Québécois. Ces derniers se mouraient d'ennui et voulaient parler français avec des visiteurs. Une fois, le prisonnier en charge du comité culturel avait invité la soeur Jeanne Mance à se rendre à la prison de Stony Mountain pour y donner le spectacle qu'elle avait monté avec les adultes de Mariapolis. C'est après en avoir lu le compte rendu que Jean-Luc l'Herbier avait téléphoné à Mariapolis disant que l'aumônier encourageait cette initiative. Les prisonniers promettaient aux chanteurs et aux comédiens des "beans", des "T-Bone steaks" et des tourtières, sans oublier le verre de vin. Après avoir longuement considéré le projet, les obligations au temps des semailles avaient eu la priorité dans le coeur des gens de Mariapolis. Aujourd'hui, dans la chapelle de Stony Mountain, il était facile de reconnaître les Québécois; ils n'écoutaient pas le sermon et jetaient sans cesse un coup d'oeil à la grande horloge.

- Si on veut me convertir, disait Jean-Marc Lebeau, qu'on le fasse en français.

- Moé, je vas à la chapelle le dimanche pour écouter le choeur de chant et la musique d'orgue, ajoutait un gros joufflu à l'air sympathique.

Dans leur conversation, les prisonniers n'éprouvaient aucune gêne à avouer leur crime.

- Moé, j'ai tué ma femme.

- Moé, mon père.

- Moé, ma blonde.

- Moé, mon boss.

En dépit du fait que la surveillance discrète des gardes assurait la sécurité des visiteurs, la soeur Jeanne Mance,

Lucie et Georgette se sentaient plutôt mal à l'aise au milieu de tant de prisonniers réunis dans une salle commune. La prison de Stony Mountain comptait autant d'Indiens et de Métis que de Québécois. À peine la messe terminée, la soeur Jeanne Mance se rendit auprès de Daniel Lacasse, un écrivain québécois, et Georgette entama une conversation avec trois Métis, en extase devant une si belle fille. De son côté, Lucie alla frapper au bureau de l'aumônier.

Le père Lansard lui apprit que Jerry était en prison depuis trois semaines. À la suite d'un procès, il avait été reconnu coupable de voie de fait sur la personne de sa grand-mère. Voilà donc ce qui expliquait ses dernières lettres enflammées d'amour et son désir de l'épouser pour aller vivre avec elle, très loin du Manitoba, dans un pays chaud. Il avait écrit: "Si je ne vais pas te voir, c'est que je travaille toutes les fins de semaine au théâtre de Pine Falls".

- Menteur! Menteur! ne put s'empêcher de dire Lucie. Ouf! Je l'ai échappé belle, monsieur le curé. Et Lucien?

- Lucien purge une sentence à Headingley pour avoir volé à la buanderie du Lac-du-Bonnet.

Sur le chemin du retour où le soleil avait déjà fait fondre la mince glace du matin, les trois femmes ne parlèrent presque pas; la voiture roulait doucement, emportant des êtres bouleversés par les confidences ou les appels d'aide. La soeur Jeanne Mance et Georgette se promettaient de retourner à Stony Mountain; quant à Lucie, elle avait décidé de ne pas y remettre les pieds.

Au mois de juin, elle reçut une lettre qui allait l'obliger à faire un choix.

Ma chère Lucie,

Viens te promener chez toi. Ta mère est revenue de Vancouver avec ta petite fille. Je n'ai pas parlé à ton père encore pour savoir comment vont les choses. Il ne met plus les pieds à l'église depuis si longtemps que je n'ose me présenter chez lui. Au revoir.

Bernard Poitras
prêtre, curé

94

10

- Lucie, tu dois te décider. Deux jours déjà que tu as reçu ta lettre. Tu ne manges plus et tu ne dors plus.

- Je sais, Georgette, mais...

Lucie avait tout raconté à son amie; depuis son enfance malheureuse jusqu'à son arrivée chez elle: un paradis sur terre dans la maison des Guimont. À table, on se taquinait et on entretenait une conversation intelligente. Que de choses Lucie avait apprises chez les Guimont! Elle s'était même acheté des livres français qu'elle avait lus en entier. Pour la deuxième fois de sa vie, elle avait une chambre à coucher. Souvent, elle s'exclamait à haute voix: "Que je suis heureuse! Que je suis heureuse ici!". Peu à peu, les belles manières de la maîtresse de maison avaient affiné ses gestes de paysanne, et des expressions polies étaient nées sur ses lèvres. Maintenant, Lucie parlait presque correctement en français, évitant de glisser des expressions anglaises, comme elle le faisait autrefois, par paresse ou insouciance.

Dans le village, on la trouvait fort gentille et remarquablement jolie. Deux fois le fils aîné des Joly l'avait invitée à souper et à passer la soirée du dimanche chez lui. Si elle retournait à Powerview, le reverrait-elle? Et s'il la visitait là-bas, accepterait-il sa famille? Deux frères en prison, un père ivrogne, une mère dénaturée, des soeurs... Depuis qu'elle vivait ailleurs et rencontrait des gens heureux, Lucie se rendait mieux compte de la misère morale des siens.

- Que ferais-tu, si tu étais à ma place? demanda Lucie.

- Moi? J'aimerais voir mon enfant, s'écria spontanément Georgette.

Son amie avait deviné ce qui la troublait le plus. Oui, elle grillait d'impatience à la pensée de prendre dans ses bras la petite inconnue enfantée sans le vouloir. Ce bébé lui avait valu tant de reproches, tant de blâmes injustifiés, tant de railleries acérées; sans compter les longs mois de retraite forcée au chalet de sa tante. Sa tante Stella!

- Georgette, je téléphone à ma tante tout de suite. Elle va me dire quoi faire.

Un voyage en autobus la "défatiguait" depuis qu'elle s'intéressait à la lecture; rien ne lui donnait plus de contentement qu'une randonnée sur les routes du sud en parcourant un roman facile. Quand le chauffeur, Jack, l'aida à monter dans l'autobus, Lucie s'aperçut que sa main tremblait. Il répondit à son air étonné:

- C'est depuis la fois de la grosse tempête. Tu te souviens? L'autobus avait eu une panne et les passagers auraient pu mourir de froid. C'est parce que je suis jeune que j'ai pu me remettre de ce choc et reprendre le volant.

Le souvenir évoqué fit frissonner Lucie. Si elle s'en souvenait! C'était par chance qu'une auto-neige était passée par là. Monsieur Warwick, le propriétaire du restaurant à Clover Leaf, avait suggéré au père Manseau de suivre l'autobus;

selon lui, c'était folie pure de se mettre en route ce soir-là.

- Au Manitoba, on ne sort pas quand il fait tempête, avait crié le vieil homme des Prairies.

Après quelques milles dans un vent chargé de neige, le sol s'était soudainement confondu avec l'immense firmament. Des voyageurs descendaient de temps à autre pour déblayer un bout de route; l'un d'eux gardait la porte ouverte afin de distinguer le bord du fossé et de guider le chauffeur aveuglé. Soudain, le puissant véhicule avait piqué le nez dans la neige et versé sur le côté. Venu à la rescousse, le père Manseau en avait été quitte pour trois excursions avec son auto-neige. Il avait conduit les rescapés à l'hôtel Somerset où pendant deux jours et trois nuits, aux frais de la compagnie de transport, on avait su apprécier le beau côté de l'aventure.

Lucie avait souvent désiré la mort mais, cette fois-là, en la frôlant de bien près, elle avait souhaité de toute son âme échapper au péril parce qu'elle avait pris goût à une nouvelle existence. Pour chasser le souvenir de l'accident, une fois installée dans un fauteuil, la voyageuse ouvrit *Rue Deschambault* de Gabrielle Roy. La visite du petit village de Cardinal où elle avait vu les maisons et les remises rouges dont parlait l'auteur lui donnait l'envie de relire le roman. Ainsi, c'était vrai ce qu'écrivait Gabrielle Roy, pensa-t-elle en se plongeant dans la première nouvelle.

- Je peux pas lire. J'ai trop de distractions. Comment est la petite fille que je vais voir? Qu'est-ce que ma mère lui a dit de moi? Elle a six ans parce que moi j'en ai vingt-trois.

Une petite fille blonde se présentait sans cesse à son imagination débridée. Des commentaires venant de la voix aigre de sa mère et de ses soeurs résonnaient en elle. Encore quelques heures et elle refermerait ses bras sur une petite innocente qui s'accrocherait à son cou. Le coeur de Lucie battait trop fort; elle regrettait presque d'avoir écrit au curé Poitras. Alors que la rencontre de son enfant la remplissait d'une joie difficile à saisir, une douleur la pinçait quelque part en dedans d'elle-même. Le bonheur anticipé et le pressentiment d'avoir à souffrir allaient en s'accentuant depuis qu'elle avait décidé d'aller à Powerview. Après tout, c'est en s'éloignant de sa famille qu'elle était devenue tout autre. C'est en refusant d'y retourner qu'elle avait oublié les manières rustres de ses soeurs et de ses frères. Quand Jean Joly saura qu'elle est mère, l'aimera-t-il quand même? Que gagnait-elle en renouant des liens avec une famille qui ne pouvait que lui nuire? Essayant de se détendre, de mettre fin à toutes les questions qui la tourmentaient, elle ouvrait et refermait son livre, peignait sa courte chevelure lustrée et interrogeait son miroir. À la gare routière de Winnipeg, elle répétait machinalement:

- Que vais-je leur dire?

Elle fut la première à reconnaître celle qui attendait une grande fille maigre aux bras ballants et au dos voûté. Vêtue d'une robe jaune clair et portant des sandales blanches à talons hauts, Lucie attirait les regards de ceux qui la croisaient. Elle s'approcha de sa tante qui s'exclama:

- Lucie! Que tu es belle! Et tes cheveux! Oh la la! C'est moi qui fais pitié avec mon jean défraîchi et mes vieux souliers.

Les deux femmes s'embrassèrent en pleurant. Stella, heureuse pour sa nièce, et Lucie, nerveuse à la pensée d'affronter sa mère. Le bonheur de revoir sa tante lui offrait un bon prétexte pour se débarrasser des larmes retenues durant le voyage. Heureusement, la tante n'avait pas froid aux yeux: elle accepta d'accompagner Lucie à Powerview. Au volant d'une petite Volvo, elle rigolait en imaginant la tête que feraient les gens du village en voyant Lucie:

- On va t'les asseoir les filles de Powerview.

La voiture descendit la large avenue Portage, tourna à droite dans la Main, passa devant la gare centrale, traversa le pont Norwood et ne s'arrêta que devant un restaurant de la rue Marion à Saint-Boniface. Le serveur prit pour deux soeurs celle qui mordait avec appétit dans un "hot-dog" et celle qui remuait lentement les grains de riz nageant dans un potage.

- Est-ce possible une telle transformation! Dis-moi ce qui t'est arrivé, Lucie.

- D'abord, madame Pomerleau à Somerset m'a appris à coudre et à nettoyer mes vêtements. Ensuite, à Mariapolis, les Guimont m'amenaient toujours quand ils sortaient avec Georgette. Je t'assure que ça m'a déniaisée.

Installés dans le salon des Saint-Onge qui demeuraient dans la rue Langevin à Saint-Boniface, l'oncle, la tante et Lucie parlèrent jusqu'à trois heures du matin. Ils décidèrent d'amener les enfants avec eux; après tout, ils n'étaient pas retournés à Powerview depuis que l'épicerie avait été vendue et que Paul avait la gérance d'un supermarché dans la rue Goulet. De plus, on voulait voir comment les choses se passeraient.

Vers huit heures, le lendemain matin, on roulait déjà sur le boulevard Lagimodière en direction du nord. L'oncle parlait et gesticulait sans cesse. Quelques autobus scolaires conduisaient les écoliers au pique-nique annuel. Après un arrêt à Beauséjour, les voyageurs filèrent avec vitesse jusqu'au Lac-du-Bonnet où ils prendraient une seconde tasse de café.

Depuis que les Saint-Onge vivaient à Saint-Boniface, ils parlaient beaucoup plus en français. Non, ils ne regretteraient jamais d'avoir quitté Powerview qui s'anglicisait de plus en plus.

Lucie n'écoutait plus. La voiture avait atteint le village de Great Falls où elle avait aperçu la petite maison blanche que monsieur Ramsay lui avait léguée.

- ...M...Mon oncle, j'aimerais arrêter à ...m...ma maison en revenant.

- D'accord, dit Paul qui remarqua le ton nerveux de sa nièce. Deux fois, elle avait bégayé pendant le trajet. Faisait-on bien de l'amener chez elle? Il était un peu tard pour y penser car on arrivait déjà.

La maison grise des Lauzon faisait mine de taudis au milieu des habitations nouvellement restaurées. Lucie se souvint des aptitudes de Marcel pour la menuiserie quand elle aperçut la fraîche clôture de bois brun, contraste éloquent avec le reste. Aux éclats de voix des jeunes cousines, Marcel, accroupi près de la barrière, se releva et abandonna le pinceau qui glissa dans son récipient de peinture.

- Lucie! Pas possible! Tu as changé toi! I can't believe it!

Il aurait voulu embrasser celle qu'il n'avait pas vue depuis deux ans mais la gêne le retint. Spontanément, Lucie lui passa le bras autour du cou.

- Toi aussi, Marcel, tu as vieilli de deux ans.

Dans la maison, on trouva Martha Lauzon, étendue dans un fauteuil défraîchi. Elle se leva, jetant à regret un coup d'oeil à la couverture d'un magazine, et sans se hâter, alla à la rencontre des arrivants.

Face à Lucie, ses yeux se remplirent d'étonnement mais s'éteignirent aussitôt; un reflet terne s'installa dans son visage décoloré. Tout à coup, un rire méchant perça l'air quand elle palpa le tissu de la jupe de sa fille. Elle fit un demi-tour sur elle-même en se tordant de rire et elle revint si brusquement vers Lucie que celle-ci se rapprocha de son oncle:

- Tu as des hommes, hein? Now, it's your turn, dit-elle avec sarcasme.

L'insulte avait de quoi révolter celle qui n'appartenait plus au clan des Lauzon. Heureusement, personne ne releva le commentaire; sans attendre l'invitation de Martha, Stella et Paul s'installèrent sur le sofa. Ils engagèrent une conversation que ne suivait pas Martha, décidés surtout à ne pas manquer le but de leur visite. Comme Martha avait vieilli! La chevelure blonde était devenue rousse sous la magie d'un colorant de pauvre qualité et des rides couvraient même le haut des joues décharnées. Elle qui avait passé pour l'une des plus belles femmes du village de Powerview n'avait pas eu la vie facile au cours de son escapade en Colombie.

Pendant que l'on multipliait les sujets susceptibles d'intéresser Martha, Lucie n'entendait rien, trop occupée à découvrir celle qu'elle voulait voir le plus tôt possible. Discrètement, elle tendait l'oreille ou tournait la tête. La saleté s'affichait partout: des rideaux troués et graisseux, un linoléum usé et noirci, des chaises gluantes, une table en désordre.

De son côté, Stella aurait souhaité s'emparer d'un seau d'eau claire pour déloger la crasse qui lui faisait horreur. Elle se disait:

- Comment ma soeur peut-elle tuer un temps aussi précieux en lisant au lieu de nettoyer sa maison? Elle a changé beaucoup, elle qui avait la réputation de cirer la tête des clous.

Devinant la curiosité de Lucie et ne voulant pas se soumettre au caprice de Martha qui faisait durer le supplice, elle demanda d'une voix sèche:

- Martha, où est l'enfant de Lucie?

- Tu vas la voir tout à l'heure, répondit la grand-mère, pas trop certaine des sentiments qui animaient Stella.

- Où est-elle? insista Stella. Je veux la voir.

- Tu vas la voir, dit Martha, sans même regarder Lucie suspendue à ses lèvres.

- Je veux la voir tout de suite, dit Stella en revenant à la charge d'un ton rude pour ne pas laisser à Martha le temps de manigancer une excuse.

- She is sleeping in my bedroom, dit-elle avec lenteur en reprenant l'habitude de parler anglais, chaque fois qu'elle perdait la face.

- Lucie, va la voir, ordonna Stella. J'irai après.

Une joie étourdissante fit sauter Lucie. Voir sa petite

fille! Être seule avec elle! S'élançant dans le couloir, elle poussa la porte de la chambre à coucher avec précaution pour contempler son enfant avant qu'elle ne s'éveille.

Une petite boule noire toute frisée était enfoncée dans un oreiller grisâtre. Lucie fit le tour du lit pour examiner ses traits. Sur le front large et le court nez pointu, une couche de sueur en disait long sur l'atmosphère écrasante de la pièce. Il faisait chaud à crever dans l'air vicié et la dormeuse avait été mise au lit avec sa robe et ses souliers. Comme elle était barbouillée! Il aurait fait bon chasser la crasse en rafraîchissant la peau et les vêtements maculés de l'orpheline.

La mère regarda amoureusement ce petit bout de femme en résistant à la tentation de s'en emparer pour la presser contre elle, tel que son coeur lui criait de faire. Ses doigts frôlaient les mollets, les bras et les joues de l'enfant qu'elle aimait déjà. Quand un courant d'air fit claquer la porte restée entrouverte, la dormeuse sursauta, s'allongea sur le dos et ouvrit les yeux. À la vue de la belle figure penchée au-dessus d'elle, elle sourit avec confiance et demanda:

- Are you my Mom?

- Yes, répondit doucement Lucie.

- Marcel told me you were coming.

- Quand?

La question demeura sans réponse. Un mot français, mot inconnu du vocabulaire de la gamine. À Nanaimo, il y a bien peu de francophones, Lucie aurait pu y penser.

- Tell me your name.

- Nancy.

- Now, give me a big hug.

Quand Marcel pénétra dans la chambre sur la pointe des pieds, il vit Nancy dans les bras de sa mère; celle-ci essayait de couvrir en entier le corps de la fillette maigrichonne. Les larmes coulaient dru sur la chevelure de Nancy qui ne comprenait rien à la douceur d'une aussi longue caresse.

- Lucie, dit Marcel en lui touchant l'épaule, amène la petite avec toi. Look at all the bruises she got. C'est Mom qui la pince. I think she is crazy. I guess she was having a nervous breakdown quand elle est partie en 53. Elle n'est plus la même.

- Et papa?

- Il est parti la semaine passée. He couldn't stand us anymore. Je crois qu'il est au Québec. Quand il était soûl, il parlait souvent de son frère du Québec.

- Les autres?

- Tu vas les voir au souper.

- Et toi?

- Je vais avoir une job à Winnipeg avec Francine. C'est son ami qui m'a trouvé ça et on amène Ghislaine pour l'envoyer à l'école des soeurs à Winnipeg.

- Qui s'occupera de maman?

- On sait pas encore.

Lucie était déjà prête à oublier son passé malheureux et à tenter la transformation de sa famille; tout lui disait de revenir à Powerview. En peu de temps, elle saurait remettre de l'ordre dans la maison, utiliser l'argent qu'elle avait en banque pour acheter le nécessaire. Elle ferait un tas de choses pour essayer de créer un foyer à l'image de celui des Guimont. Cependant, sachant fort bien qu'une telle décision ne devait pas être prise à la légère, elle chassa ses idées de dévouement et attendit pour demander conseil.

Marcel s'était sauvé de la chambre à coucher et Lucie était entrée au salon en tenant par la main une petite fille aux yeux tristes. Les exclamations qui l'accueillirent ne firent pas broncher Martha qui mangeait des croustilles sans offrir quoi que ce soit aux visiteurs venus de cent milles environ.

La tante Stella invita tout le monde au restaurant quand la famille fut au complet. Les filles coururent se brosser les cheveux mais les garçons refusèrent de les suivre. Devant l'obstination de sa mère, Lucie ne put se résoudre à la laisser seule pendant que l'on s'amuserait; le regard suppliant, elle dit:

- Amenez Nancy avec vous. Moi, je reste avec elle.

Les petites Saint-Onge ne demandaient pas mieux que de quitter la puanteur qui les étouffait. Stella hésitait un peu parce qu'elle commençait à s'apitoyer sur le sort de Martha. Elle et Paul avaient échoué dans leur tentative d'établir un dialogue; sa soeur semblait dans un autre monde quand on la pressait de questions. Après le départ de la joyeuse bande, Lucie aperçut la petite Émilie sortant de la penderie du couloir où elle s'était cachée. Quoique âgée de neuf ans à peine, elle avait compris que sa grande soeur avait pitié de sa mère.

- Pourquoi n'es-tu pas allée avec les autres? lui demanda Lucie. Tu aurais eu un bon lunch.

- I'd like to talk to you.

- Viens dans la chambre. Maman est allée s'asseoir dans la véranda.

- Lucie, vas-tu revenir? implora la fillette.

- Non, Émilie. Je travaille à Mariapolis et je vis dans une famille qui m'aime beaucoup.

- Tu es chanceuse. Take me with you.

Mais tout le monde voulait donc quitter la maison. Les premiers étaient partis, à peine âgés de seize ans... Émilie, à son tour, souffrait de la situation familiale. Mon Dieu!

- In this town, nobody speaks to us. At school, it's even worse.

- Et maman?

- On l'amènera.

Un flux de sang se déplaça dans le corps de Lucie. Avanthier, quand Jean lui avait chuchoté qu'il l'aimait, elle lui avait promis de retourner à Mariapolis le plut tôt possible. Pour un garçon aussi timide, ce premier aveu importait; n'avait-il pas encouragé Lucie à demeurer près de lui? Ne voulant plus revoir sa famille et souhaitant l'oublier définitivement, elle se voyait maintenant tiraillée entre le dieu de l'amour et celui de la charité. Qui s'occuperait de Nancy, de sa mère et d'Émilie? Un poids s'était abattu sur sa nuque pendant qu'elle caressait les épaules de la petite qui l'avait toujours appelée maman.

- Lucie, I never made you cry, me, répétait Émilie en serrant la taille élancée de la grande soeur. Je t'aime gros. I want to go with you. You remember when I used to help you do the dishes? Tu disais que j'étais trop p'tite pis j'le faisais quand même.

En l'écoutant, Lucie cachait sa figure car elle sentait monter les larmes; elle aurait voulu l'amener avec elle maintenant. Comment résister à cette quête d'affection et de tendresse? N'avait-elle pas vécu le même drame qu'Émilie? Pouvait-elle lui refuser quelques années de bonheur avant de la voir devenir la proie des gars de Powerview? Lucie eut la vision de ce qu'elle-même deviendrait auprès des trois êtres qui réclamaient son aide. Elle se dirigea vers la cuisine où elle perdit beaucoup de temps à nettoyer ce dont elle avait besoin pour préparer une omelette. À la vue d'un oeuf pourri, égaré dans un fond de tiroir, l'ancienne fille de la maison eut un haut-le-coeur et se contenta d'un café noir à l'heure du repas. Martha mangea en silence et leva des yeux reconnaissants sur sa fille de temps à autre. Ne sachant comment se comporter avec sa mère qu'elle examina avec plus de soin, après la remarque de Marcel, elle attendait d'elle un geste qui lui aurait fait oublier ses années d'enfance. Mais sa mère paraissait malade et déprimée. Elle faisait pitié dans un déshabillé de soie mauve qui portait des traces de vieillissement et de malpropreté.

Le souvenir de Jean lui frôla le coeur quand Émilie lui demanda:

- C'est où ça Mariapolis?

- Au sud du Manitoba, en allant vers les États-Unis, tu sais où mon oncle Jean-Pierre a une ferme; on appelle ce coin-là la région de la Montagne à cause des petites collines.

- Why did you go there?

- C'est la soeur Jeanne Mance qui m'a invitée pour y travailler.

- Est-ce que la soeur peut m'inviter moi aussi?

- Tu es trop petite encore.

- Pas trop petite pour t'aider, if you teach me how.

- Attends quelques années, quand tu seras plus grande.

- Non. I'm going to run away from home like Darlene Smith, chuchota Émilie à l'oreille de Lucie pour ne pas être entendue de sa mère.

La précaution était bien inutile car Martha n'écoutait pas et mâchonnait gloutonnement des tranches de pain beurré. La riposte d'Émilie avait jeté la panique dans l'âme sensible de Lucie. Le repas à peine avalé, la mère retourna s'installer de nouveau dans le salon et oublia la présence des autres. Tenant Émilie par la main, Lucie profita du peu de temps qui lui restait pour se diriger vers le presbytère où le curé Poitras faisait la pelouse. Quand elle le vit glisser un gros cinquante sous dans la main de la gamine, elle comprit qu'il voulait un tête-à-tête avec elle.

- Va me chercher un paquet de gomme au magasin et prends ton temps. Mange une bonne crème glacée et bois un Coke à ma santé, commanda le curé.

- Thank you, Father.

- Maudit anglais! Tu vois, quand ça vient du coeur, c'est en anglais que ça sort. Pas moyen de les faire parler français. On perd n'tre temps au Manitoba. Mais, tu as bonne mine, toi. On te reconnaît pas. Je suis pas censé voir les belles

106

femmes mais je peux regarder le menu, tout en étant sur une diète. La Montagne t'a métamorphosée pour le vrai.

Lucie sourit en entendant ce "grand" mot qu'elle avait cherché dans un dictionnaire quelques semaines auparavant. Le curé Poitras était un homme cultivé qui employait des mots savants.

- Monsieur le curé, avez-vous vu ma mère? demanda Lucie.

- Toi, as-tu vu ta fille?

Le sourire qui couvrit le visage de Lucie indiqua qu'elle était heureuse de sa démarche.

- Oh! répliqua vivement Lucie, elle est restée dans mes bras toute confiante. Je sens qu'elle m'aime mais...

- Tu te demandes ce que tu vas faire avec elle? Voulais-tu seulement la voir ou faire quelque chose pour elle? Tu l'amènes avec toi?

La prendre avec elle! Le visage de Jean passa devant ses yeux. S'il savait! Dans un petit village comme celui de Mariapolis, oserait-il continuer à fréquenter une mère célibataire? Tous les romans et les films qui touchaient à cette réalité traitaient de la morale intransigeante de la société. Les Joly ne voudraient plus l'accueillir s'ils apprenaient qu'elle avait eu un enfant. Une fois, des remarques faites au sujet des filles-mères de la paroisse lui avaient donné la chair de poule. Ces gens passaient pour des bons catholiques mais ils n'épargnaient pas les coups de langue à droite et à gauche.

- Monsieur le curé, il me faudrait revenir à Powerview parce que ma mère et Émilie ont aussi besoin de moi.

- Pense à toi d'abord. Tu peux placer ta petite chez les soeurs et t'occuper d'elle en même temps. Ta mère n'a pas besoin de toi et encore moins Émilie qui marche sur ses dix ans.

- Monsieur le curé, insista Lucie, avez-vous vu ma mère

depuis qu'elle est revenue de Vancouver?

- Non. Qu'est-ce qu'elle a?

- Je crois qu'elle est folle ou sur le point de le devenir.

- Eh bien! qu'elle aille se faire soigner à Selkirk. Il ne manquait plus que ça maintenant. Mais dépêchez-vous avant qu'il soit trop tard. Et ton père dans cette affaire?

- Mon père est parti au Québec.

- Tiens, c'est à son tour de faire le fou. Un homme qui avait toute sa tête; il vient de la perdre pour de bon et au bon moment...

Le curé donna quelques coups de pied sur la tondeuse à gazon qui glissa sur les boutons d'or et coucha quelques fougères. Il s'agitait et marchait de long en large, les mains derrière le dos.

- Entre au presbytère.

Confiante dans ce curé bourru au coeur de père, Lucie le suivit et lui raconta tout ce qu'elle avait vécu depuis son départ de Powerview et en particulier ses fréquentations avec Jean Joly.

- Il te paraît sérieux, ce garçon?

- Oh, oui, monsieur le curé.

- Alors, mets-le à l'épreuve. Dis-lui tout de toi et de ta famille en surveillant ses réactions. S'il t'aime vraiment, ça ne va pas le déranger et il te mariera quand même.

Lucie regarda longuement son conseiller, doutant pour la première fois de la sagesse de ses paroles. Ne vaudrait-il pas mieux quitter Mariapolis et continuer à revoir Jean de temps en temps? Et s'ils correspondaient, ils pourraient approfondir l'amour qu'ils avaient l'un pour l'autre; quand elle le jugerait bon, elle le mettrait au courant de ce qui la faisait rougir. Oui, elle l'aimait ce garçon de ferme, bon envers ses parents et si dévoué dans son travail.

- Monsieur le curé, je vais y penser et je vous écrirai pour vous faire part de ma décision.

- Mieux, je dois aller à Saint-Alphonse et me rendre à Mariapolis dans quelques semaines. Tu pourras en profiter pour me présenter ton gars. Mais, qu'est-ce que tu vas faire de Nancy?

- Ma tante Stella va la prendre chez elle à Saint-Boniface et quand Jean sera au courant, j'irai la chercher.

Martha Lauzon ne fit aucun cas du départ de Nancy, encore moins de celui des visiteurs qu'elle ne salua même pas; elle s'était enfermée dans sa chambre à coucher et avait crié de la laisser en paix. Émilie avait pleuré et supplié Lucie de l'amener avec elle.

- Émilie, je te promets de revenir mais laisse-moi partir, dit Lucie en l'embrassant affectueusement et en essayant ensuite de se dégager de ses bras sans la blesser. Crois-moi, je te le promets, je vais m'occuper de toi.

Sur le chemin du retour, l'oncle Paul parla très peu, respectant le silence de sa femme qui pensait à sa soeur. Nancy était endormie dans les bras de Lucie qui ne se lassait pas de la regarder. Pourquoi l'avait-elle toujours imaginée blonde? Le père avait les cheveux noirs... Ces deux gars qui l'avaient fait monter dans leur voiture un soir d'hiver...elle les avait si peu vus qu'elle ne les reconnaîtrait même pas aujourd'hui. Nancy était à elle! Nancy était d'elle! Rien ne l'empêcherait de la garder. Et Lucie refusa de penser à ce qui pourrait advenir, prégnante du bonheur de n'être plus seule au monde.

À Great Falls, la voiture s'arrêta devant la petite maison blanche à moitié dissimulée derrière les hauts arbustes et les fleurs qui se frayaient un chemin dans les crevasses du rocher que la lune éclairait. La paix du paysage familier ramena Lucie quelques années en arrière.

11 Les Gendron se mirent en quatre à l'arrivée de la propriétaire de leur maison; ils ne l'avaient jamais rencontrée car ils communiquaient avec les Bruce pour s'acquitter du prix de leur logement. Le regard admiratif que posait Lucie sur les meubles et les tentures montrait qu'elle savait apprécier maintenant la qualité d'une décoration intérieure. La petite maison blanche dont le souvenir s'était quelque peu estompé au cours des deux dernières années dégageait une telle atmosphère de chaleur et d'intimité que Lucie souhaita se réinstaller dans ce refuge. Les Gendron venaient de recevoir la visite du fils d'Édouard Ramsay.

Ce doit être celui qui était en Europe. Savez-vous son nom? demanda Lucie.

- Il s'appelle François. La maison l'intéressait pour un chalet d'été et il était prêt à l'acheter. On lui a dit que tout vous appartenait encore mais il n'a pas demandé votre adresse. Quand je lui ai dit que je l'avais, il n'a même pas répondu.

- Moi, j'ai trouvé son comportement assez bizarre. Surtout quand il a fait mention de papiers importants dans le tiroir du gros secrétaire que vous avez laissé ici, ajouta Philippe Gendron, d'un air important.

- Est-ce qu'il y en a des papiers? demanda Stella à son tour.

- Pas dans le secrétaire, mais dans le haut d'une armoire dans la cuisine. J'ai vu un coffret mais je l'ai laissé là. Je suis certaine qu'il appartenait à monsieur Ramsay.

- L'avez-vous ouvert? s'enquit Lucie qui se souvenait d'avoir vu une boîte vernie, une fois ou deux, dans les mains de son mari.

- Non. Il faudrait briser la serrure pour l'ouvrir parce qu'il n'y a pas de clef nulle part, dit Gisèle Gendron.

- Donnez-le-moi, commanda Lucie.

Qui était ce François Ramsay au juste? N'était-ce pas plutôt Lucien qui s'était fait passer pour Ramsay et voulait en savoir plus long sur les affaires du défunt pour mieux évaluer la situation financière de sa soeur? Serait-il sorti de prison avec son inséparable ami, Jerry?

Le lendemain, Lucie s'éveilla dans une chambre ensoleillée de la résidence des Saint-Onge. N'en pouvant plus de rester tranquille, Nancy passait et repassait sur le corps allongé de sa mère en éclatant de rire quand elle roulait d'un côté et de l'autre. La veille, après l'avoir baignée et revêtue d'un pyjama rouge clair, on l'avait soulevée de terre et placée en face d'un miroir pendant que l'on multipliait les "How nice". La petite n'avait jamais eu autant d'attention, habituée qu'elle était de demeurer seule dans une pièce avec l'ordre de ne pas faire de bruit. Maintenant, elle chatouillait sa mère dans le cou et lui soufflait à l'oreille:

- Mom, let's get up.

- Yes, I must leave for Mariapolis. Repeat after me. Maman s'en va à Mariapolis. Répète encore. C'est ta première leçon de français.

La mère n'avait pas beaucoup dormi. Des émotions fortes l'avaient agitée: le retour de Nancy, l'état de santé de sa mère, la peine d'Émilie, la visite de François Ramsay à sa maison de Great Falls, la crainte de dire la vérité à Jean Joly sur l'existence de son enfant. D'un seul coup, Nancy, sa mère, sa petite soeur Émilie et surtout le curé Poitras étaient venus ajouter des joies et des peines à un moment où s'effectuait un tournant heureux de sa vie. Jean ne lui avait-il pas avoué son amour? Il s'agissait, non pas de se préoccuper de papiers importants qu'elle rapportait avec elle, mais de trouver une solution aux plus urgents problèmes. Monsieur le curé Poitras lui avait recommandé de penser à elle, mais le souvenir de celles qui étaient dans le besoin la harcelait. Johanne et Carmen Saint-Onge tenaient à amener Nancy au Lac-du-Bonnet pendant les mois de juillet et d'août. De son côté, elle en profiterait pour s'arrêter à Somerset, raconter son histoire au curé Dupré et lui demander son avis avant de parler à Jean qui l'accueillerait à Mariapolis en fin de soirée.

Elle se jeta au cou de Jean avec une ardeur juvénile. Ses deux bras lui entouraient la taille et elle plongeait son regard dans les yeux de l'homme qui ferait ou démolirait son bonheur. En se rendant au restaurant du village, Jean remarqua que Lucie avait beaucoup changé. Il n'obtenait d'elle que des réponses évasives ou une tentation d'éviter tout sujet de conversation. Il la mit au courant de ses travaux pendant son absence, mais elle parut ennuyée. Pourtant, le baiser échangé dans la véranda des Guimont, quand ils se séparèrent, ne décela aucun indice de froideur envers lui. Jean conclut qu'il s'était trompé: Lucie tombait de fatigue.

Le dimanche suivant, au cours de la soirée chez les Joly, la soeur de Jean fit remarquer à sa mère que Lucie semblait s'ennuyer en leur compagnie. En effet, Lucie attendait avec impatience l'heure du départ pour parler à Jean sur le chemin du retour. Vers onze heures, quand elle quitta ses hôtes, elle se dirigea vers la porte avec un empressement peu coutumier. De chaque côté de la route, des petites lumières se déplaçaient en lignes parallèles, sortes de phares guidant les travailleurs nocturnes. Les coqs des prairies gloussaient à tour de rôle pour signifier leur quiétude sous le chuchotement de la feuillée. La voiture roulait doucement et Jean avait tendu la main pour attirer celle de Lucie. Le temps était venu de parler et elle ne devait pas manquer l'occasion. C'était toute sa vie qu'elle jouait peut-être, assise à côté de celui qui ne voyait pas son visage et ne pourrait la gêner de son regard interrogateur avant qu'elle ait tout dit.

- Avec toi, Lucie, je me sens tellement bien que je ne voudrais pas terminer une aussi belle soirée. Mais, dis-moi, je ne veux pas te faire de peine, mais tu n'es plus aussi calme. Pendant le souper, je t'ai trouvée nerveuse et distraite. Depuis ton voyage à Powerview, tu es plus sérieuse et quelquefois tu es triste. Tu ne nous fais plus rire comme tu en avais l'habitude. Ma mère m'a même demandé ce que tu avais. Si tu as confiance en moi, dis-moi ce qui ne va pas.

Il fallait révéler l'arrivée de Nancy au Manitoba. Lucie serrait plus fortement les doigts de Jean, refermait et ouvrait les siens pour tourner et retourner le petit poing dans le creux de la main ferme. La panique s'emparait d'elle car elle entendait les conseils des deux prêtres. Lequel des deux avait raison dans cette histoire? Finalement, elle opta pour la position du curé Poitras et elle osa exprimer:

- Jean, j'ai un secret pour toi et je le garde depuis longtemps. Depuis mon voyage, j'ai pris la résolution de te parler mais je manque de courage parce que j'ai peur de te décevoir et de ne plus te revoir. Si quelque chose allait se briser en toi quand tu sauras la vérité...

- Tu as revu un ancien ami? Lucie, si ton secret n'a rien à faire avec nos plans, il ne faut pas t'en faire. Moi, j'avais pensé te fiancer à Noël si tu acceptes un garçon comme moi. Mes parents t'aiment beaucoup et ils souhaitent notre mariage. D'un côté, il faut que tu m'aimes car mes parents n'ont rien à voir dans le choix de ma femme. Bien entendu, s'ils t'aimaient pas, ça fait longtemps que j'en aurais entendu parler...

- Oh, Jean, si tu savais comme je t'aime, répondit Lucie en se rapprochant de lui.

Elle regrettait déjà d'avoir dit qu'elle avait un secret parce que le curé Dupré croyait que le temps ne pressait pas encore. Par ailleurs, la chaude nuit de juillet et la douceur de la brise invitaient à l'épanchement. Jean, bon et doux, la comprendrait et la consolerait de sa mauvaise aventure en lui disant d'oublier ce dont elle n'était pas responsable. En levant les yeux vers le firmament, la pauvre fille crut à son étoile; elle ne parlait plus et délibérait sur les mots à dire et à taire. Jean, devinant le sérieux des confidences à venir, arrêta sa voiture sous les grands peupliers de la cour de l'école; il prit Lucie dans ses bras et l'encouragea à se livrer:

- Fais-moi confiance, dis toujours. Et il appuya la tête blonde sur sa large épaule.

L'obscurité absolue favorisa Lucie qui prit son courage à deux mains pour chuchoter à voix basse d'un ton hésitant:

- Jean, quand je suis allée à Powerview, j'ai vu la petite fille que j'aie eue il y a six ans. Je veux...

- Où est le père? interrompit Jean.

- J'ne sais pas. J'le connais même pas.

Incapable d'en ajouter davantage, Lucie éclata en sanglots sur l'épaule qui se dégagea avec lenteur. Lucie venait de comprendre. Elle abrégea de beaucoup le récit préparé avec tant d'attention, consciente de sa naïveté. Jean essaya de la réconforter mais les mots sonnaient faux; il ne pensait déjà plus qu'à mettre la voiture en marche et à déposer chez elle celle qu'il désirait épouser quelques instants auparavant. Après un baiser hâtif, Lucie descendit de voiture, essuya ses larmes d'un revers de main énergique, releva la tête avec colère et dit à haute voix:

- Les homme sont tous les mêmes.

115

Deux jours plus tard, en faisant ses adieux aux Guimont, elle leur dit sa reconnaissance pour ce qu'elle était devenue en vivant dans leur famille heureuse et unie. Ils n'avaient pas voulu se prononcer sur la venue de Nancy à Mariapolis, sûrement parce qu'ils connaissaient le puritanisme des Joly. Brisée par la vie une fois de plus, Lucie mit les voiles pour Saint-Boniface, convaincue qu'elle n'aurait jamais de chance. Jean l'aimait pourtant, elle en était sûre. Le lendemain, il lui avait fait parvenir une lettre au magasin, dans laquelle il sollicitait la faveur de réfléchir; son coeur était sûr de lui mais sa tête lui conseillait de regarder les choses bien en face, sans passion, afin de ne pas gâcher sa vie. Gâcher sa vie! Lucie avait déchiré la lettre, bien résolue d'oublier le pseudo-amoureux. Une fois les photos et les lettres d'amour brûlées, elle avait confié à Georgette les deux bijoux reçus de Jean, sans répondre à son message de consolation.

- Georgette, je suis certaine que Jean m'a prise pour une fille légère et la plus belle hypocrite au monde. Il m'a fait une remarque que j'oublierai jamais et surtout pas son visage: "Quand on a pris des habitudes, c'est pas le mariage qui va nous guérir".

- Mais il est idiot avec ses idées de 1920! avait rétorqué Georgette en serrant les dents. Attends que je le rencontre! En tout cas, envoie-le au diable, lui et toute sa famille. Jean Joly, c'est pas le seul homme au monde.

- Je m'étais attachée si fortement à lui qu'il me faudra du temps pour le rayer de ma vie. Ça fait tellement mal en dedans. Monsieur Ramsay était âgé tandis que Jean était jeune: c'était si beau et si différent. Je l'aime encore Georgette, même si je veux le haïr...

Heureusement, la peine d'amour allait diminuer au même rythme que la joie d'un autre amour tentaculaire allait progresser, au cours des mois passés en compagnie de Nancy au chalet de la tante Stella. Les Saint-Onge avaient accueilli leur nièce avec autant de bonté qu'au jour où elle leur était

116

arrivée enceinte, découragée et souhaitant se jeter dans la rivière Winnipeg. Le samedi soir, Stella venait de Winnipeg accompagnée de Paul qui tenait à ce qu'elle ne retourne en ville que le mercredi. Johanne et Carmen profitaient à plein de l'été en compagnie d'une gardienne exceptionnelle qui leur permettait de se coucher tard et de se lever tard dans la confortable maison de bois long. Le soir, quand il faisait trop frais, à la lueur d'un bon feu de cheminée, elles s'étendaient sur la grosse peau d'ours de la salle familiale, et Nancy se blottissait dans les bras de sa mère.

Dès le début des vacances, Lucie avait demandé à Marcel de lui amener Émilie qui était au comble du bonheur en s'amusant avec les autres fillettes. Tous les livres de jeunesse que Lucie avait lus au presbytère de Somerset y passèrent. Sachant les histoires par coeur, Lucie les racontait avec beaucoup de facilité, mimant des passages ou créant avec imagination les péripéties les plus envoûtantes. Elle n'exigeait qu'une chose de son petit monde: parler en français au chalet. Surtout pas un mot anglais à Nancy; il lui fallait un bon bain en français, même si elle faisait occasionnellement des colères dans la langue anglaise.

Un soir, en entendant les trois plus grandes réclamer des histoires, au retour d'une randonnée en bateau à voile, les parents ne manquèrent pas, la semaine suivante, d'apporter des livres au chalet. Peu à peu, la petite bibliothèque s'enrichit d'une collection et d'un gros Larousse que l'on apprit à consulter. Paul fut surpris d'entendre Johanne demander:

- Papa, as-tu eu connaissance du tintamarre hier soir?

Jusqu'à Carmen qui parla d'un édifice nouvellement érigé dans le village du Lac-du-Bonnet. Décidément, le français faisait des pas de géant pendant les vacances et l'on savait qui remercier. Le bonheur des petites et la tenue du chalet, qui favorisait le repos, faisaient répéter aux Saint-Onge que l'été de 1959 avait été le plus profitable pour eux.

Quelquefois, après le coucher des jeunes, Lucie retournait près du feu pour laisser divaguer sa pensée et tenter de l'ordonner. Stella consentirait à laisser le chalet ouvert jusqu'à la Thanksgiving si elle acceptait d'y demeurer avec Nancy; chaque vendredi soir, Marcel y amènerait Émilie alors que Johanne et Carmen viendraient de Winnipeg? Tout le monde la suppliait de dire oui. Que faire? Dehors, le clapotis des vagues, la brise douce de la nuit, l'arcade noire fière de sa lune et de ses étoiles apaisaient Lucie qui n'était pas pleinement heureuse. Pas une fois, Jean ne s'était informé d'elle; quand il avait aperçu Georgette de loin, il l'avait évitée sans se soucier du signe qu'elle lui faisait. Par contre, madame Joly avait répété à madame Guimont une conversation entendue entre le père et le fils; le ton de l'un donnait une bonne idée de la forte opposition au projet de l'autre:

- Tu n'auras pas un clou de moi si tu maries cette pute, avait crié le père, et je n'veux plus en entendre parler.

Lucie écrivait plus souvent à Georgette depuis qu'elle savait que Jean songeait à la revoir. Quoique mécontente de son comportement, elle ignorait parfois si elle voulait le revoir, doutait du pourquoi de la rancoeur qui vivait encore en elle, et surtout, de son appétit pour un autre homme. Le ménage heureux des Guimont et des Saint-Onge lui avait prouvé que l'amour vrai existait. S'il était fortement enraciné dans un couple, il se perpétuait dans le coeur des enfants. Dans sa correspondance avec Georgette, Lucie énonçait des projets, parlait de vie nouvelle à inventer pour elle, refusait d'adopter un style de vie la condamnant à la réclusion. Après tout, elle n'avait pas commis de crime; pourquoi payerait-elle toute sa vie pour un acte qu'elle n'avait pas voulu? Quand la tristesse se faisait trop profonde, elle redoublait d'affection envers Nancy qui le lui rendait en disant:

- Tu es fine maman. Maman, je t'aime gros comme la maison. You are so pretty!

Dès la rentrée des classes en septembre, Lucie déménagea avec Nancy dans son ancienne maison de Great Falls: le vendredi soir, elle accueillait une joyeuse Émilie. Chaque départ chagrinait la gamine obligée de retourner vers sa mère et de fréquenter l'école de Powerview. Néanmoins, le climat scolaire s'assainissait depuis qu'elle était mieux vêtue et que sa grande soeur lui donnait un peu d'argent de poche. Lucie allait très rarement à Powerview, ce village dont la seule évocation remuait dans sa mémoire l'inoubliable drame de ses dix-sept ans. À Great Falls, la plupart des locataires demeuraient peu de temps dans les maisons de la compagnie du barrage hydro-électrique. Parce que chacun avait sa petite histoire et n'entendait pas la partager avec des étrangers, on se souciait fort peu des potins à peu près inexistants. Les femmes ne tardèrent pas à inviter Lucie à prendre un thé avec elles et à la mettre au courant des soirées sociales du Club. Celle qui avait tant souffert d'être mise de côté s'était transformée au point d'être désirée par des gens d'une autre classe que la sienne. Se souvenant de la fille bègue, trop maigre, pauvrement attifée et peu intéressante, elle regardait souvent dans la glace l'image d'une femme élégante, au regard serein et confiant. Un soir, Lucie accepta l'invitation des Bruce à la danse de Noël.

Une longue robe noire accentuait sa taille élancée et l'éclat de sa chevelure. Tout en sachant que les autres femmes s'habilleraient assez sobrement, Lucie n'hésita pas à porter ses plus beaux bijoux et des sandales argentées. Elle reconnaissait qu'elle était trop chic pour ce genre de veillée mais une remarque que madame Guimont avait déjà faite l'encourageait à se faire belle:

- Lucie, disait-elle souvent, une femme est plus sûre d'elle-même quand elle est bien mise; elle ne doit pas négliger son apparence à cause du peu de fierté de son entourage. Si elle s'habille bien, elle pose en modèle et on l'imite.

Barbara Bruce fut ravie d'admiration en venant prendre Lucie le soir du vingt-trois décembre. Le manteau de chat sauvage qu'elle endossa allait doubler les compliments de toutes les dames du Club. Barbara avait vu juste. L'arrivée de

Lucie dans la salle de danse fit tourner les têtes et susciter de nombreuses questions. Déjà, le nom de Lucie Ramsay, jeune veuve et mère d'un enfant, voyageait d'un cercle à l'autre. Julius Bruce commanda aussitôt quelques verres, heureux de voir les hommes s'approcher de sa table. Il attendit qu'un danseur se présentât pour Lucie avant d'inviter son épouse à son tour.

- Vous êtes très jolie, dit le gros monsieur essoufflé qui la faisait valser.

- Merci.

- Est-ce que vous demeurez à Great Falls?

- Oui.

- Vous êtes jeune, n'est-ce pas?

- Assez, répondit Lucie, reculant un peu à cause de la bruyante respiration du partenaire. Du deuxième danseur, elle retint le souvenir d'une mauvaise haleine; du troisième, sa façon de glisser sa jambe à l'intérieur de ses cuisses; du quatrième, le ridicule de manières efféminées et d'un langage pompeux. Elle venait de terminer une valse quand un nouveau venu sortit du vestiaire. Il était seul. Après cinq danses d'affilée, Bruce alla la délivrer pour lui accorder un peu de répit; Lucie en profita pour passer devant le bar et voir de plus près le dernier arrivé. Leurs regards se rencontrèrent...

- Tu t'amuses? demanda Barbara à Lucie revenue à la table.

- Oh oui, fit Lucie qui ne voulait pas la chagriner.

En parlant de tout et de rien, Lucie ne pouvait s'empêcher de jeter un coup d'oeil vers le grand jeune homme brun aux manières si distinguées. C'est avec lui qu'elle brûlait de danser; elle s'en informa à Barbara qui lui répondit:

- C'est un jeune ingénieur du Québec en stage à la compagnie.

À l'instant même, on vit l'étranger quitter le bar et chercher où diriger ses pas.

- Hi! Francis, viens t'asseoir avec nous. Je te présente ma femme Barbara, et son amie, Lucie Ramsay. Mais quel est ton autre nom? J'ne l'ai jamais su...

François était demeuré bouche bée; il ne voyait que Lucie qui avait vite baissé les yeux sous le regard stupéfait de l'arrivant.

- Quel est ton deuxième nom? répéta Julius.

- François Ramsay, dit-il nerveusement, en s'éloignant de la table d'un pas ou deux.

Un éclat de rire le figea sur place. Lucie lança:

- Mais vous êtes mon fils. Venez vous asseoir avec nous.

Inutile de le lui rappeler. Il savait que son père avait épousé Lucie Lauzon, une fille bègue qui était la risée du village de Powerview. Mais, grand Dieu! par quel miracle était-elle devenue cette femme attrayante? Ce n'était pas une beauté flamboyante mais quel charme et quelle classe! Elle avait de l'argent maintenant et elle avait su en profiter. Où était-elle donc passée pour en arriver à être le point de mire de la petite société de Great Falls? Elle que les pauvres de Powerview ne remarquaient même pas. De plus, elle avait parlé sans bégayer! Voulant en savoir plus long, il fit une profonde révérence en articulant nettement:

- Puis-je avoir l'honneur de cette danse, madame, ma mère?

Lucie ne broncha pas sous la note un peu ironique; très sûre d'elle-même, elle se leva pour accepter l'invitation et danser au son de la mélodie populaire, "I'm dreaming of a White Christmas". Bien que le jeune ingénieur eût un tas de questions à poser à sa belle-mère, il préféra laisser la musique dissiper ses souvenirs. Il profiterait de la soirée et oublierait la propriété convoitée. Quand ils retournèrent s'asseoir après la première danse, ils ne peurent y demeurer trop longtemps; la musique les entraînait malgré eux à se rapprocher l'un de l'autre. François n'invita pas d'autre femme à danser, tout comme aucun homme n'osa intervenir en présence de celui qui avait mobilisé la plus belle femme de la soirée. Lucie dansait avec passion dans les bras de François Ramsay; la relation de belle-mère à celle de beau-fils avait duré si peu de temps... Quelles manières chez ce François! Quelle simplicité et quelle humour quand il parla de son installation au petit motel de Powerview! À la fin de la soirée, il regretta d'avoir à refuser l'invitation des Bruce à leur demeure; toutefois, en les quittant, il regarda Lucie droit dans les yeux et lui dit:

- J'irai vous voir un de ces jours. J'ai besoin de vous parler le plus tôt possible.

De retour chez elle, avant de se mettre au lit, Lucie alla jeter un coup d'oeil dans la chambre de Nancy. Ensuite, elle s'agenouilla près de son lit, la tête enfouie dans ses bras pour mieux prier:

- Seigneur, François Ramsay m'a rappelé son père; il a ses traits de bonté et de douceur. Je l'aime déjà. Est-ce possible? Je m'attache si vite aux êtres qui sont doux, probablement parce que j'ai été battue par ma mère. Seigneur, je veux revoir François. Je le désire de tout mon coeur et je Vous supplie de m'accorder cette faveur. Est-ce que je ne pourrais pas avoir une chance dans la vie? Je sais de quoi il veut parler et je suis prête à tout entendre pour le revoir.

Lucie oublia d'implorer le Seigneur de changer le coeur de Jean, comme elle le faisait tous les soirs. Le trente décembre, incapable d'attendre plus longtemps un signe de François Ramsay, elle téléphona à son motel. La réceptionniste lui apprit qu'il avait quitté sans laisser d'adresse. Il avait donc une femme ou une fiancée...

La veile de Noël, Lucie **12** s'était rendue à Powerview pour la messe de minuit et un réveillon dans sa famille. Puisque la santé de sa mère allait en s'améliorant, au dire de Marcel et d'Émilie, Martha viendrait à l'église.

Porteuse de nombreux colis, Lucie arriva vers huit heures du soir avec Nancy, résolue à célébrer Noël dans la tradition qu'elle avait connue au cours des années précédentes. Sur le téléviseur, des cartes de souhaits apportaient des nouvelles des Lauzon manquant au rendez-vous. René aimait la ville de Montréal avec ses théâtres et ses clubs de nuit; Jeanne songeait à quitter l'Alberta pour aller travailler dans un restaurant aux États-Unis; Florence passait Noël dans la famille de son mari. Du père, de Lucien et de Mildred, aucune nouvelle; sauf qu'Émilie fronça les sourcils quand on s'informa de Mildred. Savait-elle qu'elle se prostituait au camp militaire de Shilo?

Martha Lauzon ne voulut pas entendre parler de messe de minuit; Lucie serait donc accompagnée de Marcel, Francine, Ghislaine, Émilie et Nancy. Guy, libéré de l'institution correctionnelle de Portage depuis quelques jours à peine, avait refusé de les suivre, en dépit du fait qu'il se mourait d'ennui à la maison. Cependant, il acquiesça à la demande de Lucie pour aider sa mère à préparer le repas. Au retour de la messe, la mère avait fait un brin de toilette et Guy ronflait dans son lit. Sur la table recouverte d'une nappe propre mais trop courte, une chandelle était allumée au centre. C'était tout. La tourtière était encore au four et le café bouillait trop fort.

Il fallait plus que l'achat de quelques présents et l'assistance à la messe de minuit pour donner à la maison un air de fête qu'elle ne pouvait revêtir. La famille Lauzon ne pouvait faire marche arrière et reprendre le temps perdu. Comment saisir quelques bribes de bonheur et les enfermer dans un foyer sans âme? Le père avait déserté le foyer et la mère n'y assurait plus qu'une présence physique insignifiante. Lucie était pleine de bonne volonté mais elle eut la conviction qu'elle perdait son temps à vouloir reconstruire sur des fondations qui avaient croulé. Quand tous les enfants étaient jeunes, trop jeunes pour savoir qu'il existait autre chose que des querelles et des divisions entre les parents, ils avaient éprouvé une certaine satisfaction à vivre ensemble; maintenant, ils voulaient déserter le foyer pour éviter de se faire happer par un malheur héréditaire. Le père s'était évertué à garder sur une mer houleuse le navire fragile et déchaîné, croyant en des jours meilleurs; les enfants, eux, accusaient leur mère de manquer de coeur parce qu'elle les avait abandonnés.

Rentrée à la maison, sans rien expliquer de sa folie, Martha n'était plus qu'une étrangère. Bien que décidée à reprendre la route, le mari l'avait laissée sur la chaussée; elle avait détruit en lui le dernier souffle d'espoir dans la longue attente de son retour. Incapable de faire renaître un peu d'amour dans le coeur de ses enfants, elle végétait et se désolait en espérant qu'Albert oublierait le passé pour recommencer à neuf.

Martha ne frappait ni ne grondait Émilie mais elle la voyait à peine, indifférente à ses allées et venues. Elle avait revu Lucien après sa sortie de Headingly; depuis, elle escomptait le voir s'installer à Powerview, et suppliait Guy de le faire revenir de Thompson. De son côté, Marcel invita Guy à se trouver un emploi à Winnipeg afin de le soustraire à l'influence des gars du village. Lucie irait même jusqu'à lui présenter un "grand frère" et à lui offrir un peu d'argent en cas de besoin. Quand Martha découvrit que le plan plaisait à Guy, elle fit une colère terrible et refusa de parler à Marcel la veille de Noël. Abandonnée de son mari et de ses enfants, Martha sombrait de plus en plus dans sa solitude.

Vers trois heures du matin, les enfants se retrouvèrent un peu tristes au milieu des papiers et des boucles de ruban qui jonchaient le tapis du salon. Six enfants sur dix avaient entouré leur mère en essayant de faire jaillir quelque chose d'eux-mêmes mais le coeur n'y était plus; cette femme, très malade au dire de Marcel, ils la connaissaient à peine. Lucie ne regrettait pas d'être venue mais elle était anxieuse de quitter le toit inhospitalier. Étendue sur le divan, elle essayait de se détendre alors que des sueurs froides lui coulaient le long du dos et entre les seins. Tant de visions trottaient dans son esprit, tant de problèmes se bousculaient et tant de solutions s'évanouissaient trop vite: elle pria le Seigneur de venir en aide à la famille désarticulée.

Des pas étouffés interrompirent son colloque spirituel. Dans la pénombre, elle vit Ghislaine entrer dans la chambre d'Émilie. Que se passait-il? À son tour, elle marcha sans bruit dans la même direction et écouta à la porte. Émilie ne dormait pas elle non plus parce que Ghislaine lui parlait:

- Tu sais toé où est Dad? On pourrait lui écrire, lui demander de revenir, dire qu'on l'aime...

- J'ai entendu Marcel dire que René savait où il travaillait. Demande son adresse. Moé aussi, j'aimerais ça lui écrire. Je m'ennuie de Dad.

- Émilie, veux-tu rester ici pendant les vacances de Noël et pas aller avec Lucie? T'es toujours à Great Falls. Icitte personne vient. C'est plate.

- O.K. Je vas rester trois jours. Couche-toé avec moé maintenant. À part de ça, tu devrais te mettre une jaquette de flanellette, tu es toute gelée dans ta jaquette de soie. Tu tousses aussi.

Bien qu'âgée de quinze ans, Ghislaine passait maintenant inaperçue où elle allait; elle parlait peu et fuyait la compagnie des jeunes de son âge. Les Lauzon n'avaient pas bonne réputation à l'école et dans le village: elle en avait souffert plus que les autres, à l'exception de Lucie. Depuis qu'elle allait à l'école en ville, elle n'avait pas réussi à se faire une seule amie et elle était souvent humiliée des manières hautaines des élèves de sa classe.

La conversation était venue confirmer ce que Lucie avait cru deviner. Ghislaine, Francine et Marcel s'ennuyaient sûrement de leur père et souhaitaient son retour au Manitoba. Étant donné que le trio installé à Winnipeg avait été grandement déçu, on reprendrait allègrement le chemin de Powerview si le noyau familial se reformait. Lucie pourrait aller visiter René à Montréal et de là communiquer avec son père pour lui exposer les besoins de la famille: il avait tellement bon coeur qu'elle réussirait à le convaincre. Par contre, elle ferait peut-être un faux pas en réunissant ce que la vie avait séparé. Y a-t-il encore mariage quand le deux conjoints se détestent? Au point de vue social, l'image projetée dans le village de Powerview est importante, mais si l'on vit un enfer sous le même toit, est-ce bien de s'obstiner à se tenir ensemble pour voir les enfants répéter les mêmes attitudes que les parents, perpétuant ainsi le malheur à leur tour?

À la fin de la journée de Noël, Lucie retourna chez elle, écrasée par la situation de ses jeunes soeurs et torturée par le silence de François. Le trente décembre, quand elle apprit qu'il avait quitté le motel sans la prévenir, elle éprouva une telle lassitude qu'elle erra d'une pièce à l'autre une bonne partie de l'après-midi. Dieu! qu'elle se sentait seule dans sa maison de Great Falls. Nancy lui demanda:

- Est-ce qu'on va à Montréal?

- Non, je n'ai pas de réponse de grand-papa Lauzon.

- Il est en Europe?

Nancy s'imaginait toujours que les gens étaient en Europe quand elle ne les voyait pas. À ce moment-là, un appel téléphonique de Barbara agit comme une bouée pour Lucie; on l'invitait à aller célébrer le début de l'année 1960 au Club communautaire.

- As-tu revu Francis? demanda Barbara.

- Non. Est-il encore à Great Falls?

- Bien sûr. Je lui ai parlé hier soir.

- Où?

- À son bureau de la compagnie.

- Ah! fit simplement Lucie. Merci de l'invitation, Barbara. Je t'assure que ça tombe à point. Tu viendras me chercher avec Julius?

- C'est que... c'est que Julius et moi avons la charge de la salle et du bar; nous devons nous rendre au club dès sept heures.

- T'en fais pas. Je prendrai un taxi.

- Non. Francis a accepté d'aller te chercher. Il va t'appeler.

Quel choc! Il viendrait la chercher et la reconduire après la soirée. L'émotion venait de lui couper le souffle. Elle remercia encore une fois Barbara et raccrocha vite pour ramasser ses idées. François voulait la revoir! Vite, un petit voyage à Winnipeg pour l'achat d'une robe neuve et d'une coiffure différente.

La vendeuse conseilla à Lucie une robe de lainage bleu poudre, des perles pour son collier et ses boucles d'oreilles.

Depuis que Georgette et sa mère n'étaient plus avec elle pour le choix de ses vêtements, elle se fiait aux vendeuses, préférant de beaucoup les plus âgées qui insistaient moins que les jeunes pour lui faire prendre des articles à la mode qu'elle n'aimait pas. En palpant l'étoffe d'un joli costume beige, la dame lui avait dit:

- You must be French, You, French, have such a good taste for clothes.

Plus tard, l'expression dans les yeux de François lui signifia sans équivoque qu'elle avait eu une bonne idée d'aller à Winnipeg et de se permettre une dépense exagérée pour se faire plus jolie.

- Vous paraissez plus jeune en bleu, dit François avec respect.

- Dis-moi tu et je fais de même.

- C'est ça. Ma mère, tu viens danser avec moi?

- Mon fils, répondit Lucie en riant elle aussi, tu serais gentil de m'accompagner.

L'aisance avec laquelle Lucie avait admis François chez elle ne parvint pas à faciliter une conversation un peu plus détendue au cours des quinze minutes que dura le tête-à-tête. Plus troublé que gêné, François observait Lucie de côté et jetait un coup d'oeil furtif à la photo de Nancy placée sur le piano en face de lui.

Pour jouir de la soirée, l'hôtesse ne fit pas allusion au long silence qui l'avait chagrinée après la première rencontre. François était là, tout près d'elle, et sa seule présence la comblait. S'il la regardait un peu plus longuement, un déclic secouait son coeur et rougissait sa figure toute jeune.

Vers neuf heures, on décida de partir. Sans le vouloir, les deux se retrouvèrent debout, face à face, si près l'un de l'autre que les yeux de François tombèrent immédiatement sur la bouche de Lucie. Il pensa lui offrir ses voeux de bonne année; d'ailleurs, il devina le même désir chez sa compagne. Mais il n'osa pas.

- Je suis fier de t'accompagner, dit-il avec un accent de sincérité.

Le chatoiement des yeux bleus de Lucie exprimait les sentiments qui la possédaient; elle sourit et, en silence, accepta son aide pour revêtir son manteau. Puisque les Bruce serviraient les boissons tout au long de la soirée, le couple bavarderait amplement entre les danses, à moins d'être accaparé par des gens ennuyeux.

Des salutations démonstratives soulignèrent l'entrée de Lucie et de François. Malgré les invitations à une table et à l'autre, d'un accord tacite, ils préférèrent le seul à seul dans un coin retiré de la salle; ils dansèrent en silence à l'accord de la première pièce de musique et les observateurs devinèrent que le jeune ingénieur et la jeune veuve s'entendaient bien. À la première chance, Lucie lui demanda:

- Est-ce que vous vous plaisez...Non, est-ce que tu te plais toujours au motel de Powerview?

- Oh! Je n'habite plus là. J'ai trouvé une meilleure chambre au Lac-du-Bonnet mais il m'a fallu perdre un temps énorme après Noël pour trouver l'endroit et y déménager. J'aurais dû t'appeler...

La réponse calma l'inquiétude de Lucie et elle fit signe qu'elle n'exigeait pas la raison de son oubli. Une autre question lui brûlait la langue. Était-il marié ou célibataire? Elle préféra l'oublier et vivre chaque minute du dernier jour de l'an. N'était-il pas le fils de son défunt mari et n'avait-elle pas raison de vouloir le connaître davantage?

François parla longuement de ses études à l'Université de Montréal, de ses emplois d'été dans cinq ou six provinces du Canada. Au cours d'un stage en Suisse, à la demande du gouvernement canadien, il avait travaillé au sein d'une équipe américaine. Après son contrat avec la compagnie du barrage hydro-électrique, il quitterait le Manitoba pour un nouveau travail aux États-Unis, de septembre à décembre. Ensuite? Bah! qui sait? Le regard de Lucie s'était posé sur le front, les yeux et la bouche aux lèvres sensuelles. Comme il ressemblait à son père!

- J'aimerais te revoir, Lucie, pour te parler très longuement de choses sérieuses.

- Tu as déjà dit ça, rappela-t-elle un peu vivement.

- Je sais, reprit François un peu gêné de la remarque. Je voulais te téléphoner mais je n'osais pas...

- Pourquoi? Est-ce que je t'impressionne à ce point?

- Non, mais...

François hésitait à avouer qu'il savait quelque chose de sa sombre jeunesse et à lui demander ce qui s'était passé pour en arriver à cette transfiguration qui l'intriguait. La photo que lui avait envoyée son père, il l'avait cachée et plus tard détruite, honteux de la montrer à qui que ce soit. Qu'avait-elle fait après la mort de son père? Nancy? Où étaient les garçons Lauzon? Il n'osait s'en informer, craignant de les voir apparaître. Tous des bons à rien. Quelle famille! disait-on dans le village de Powerview en haussant les épaules.

- Est-ce que je t'impressionne? insista Lucie, une fois de plus.

- Je vais te dire. Tu n'es plus la femme qu'a épousée mon père et ta transformation me bouleverse encore. Si seulement, je pouvais te parler très longuement et t'expliquer que...

- Viens souper chez moi demain soir. C'est le jour de l'An et on aura toute la soirée pour parler de ton père, de toi et de moi.

- J'y serai, répondit François en exhalant un soupir et en entraînant Lucie sur la piste de danse.

Il la prit doucement, tout doucement, comme elle aimait qu'on la prenne pour danser. En l'attirant contre lui, il sentit le corps souple et chaud, un peu ensorcelé par le charme de la musique et de la danse. À minuit, les douze coups traditionnels sonnèrent en même temps que s'éteignaient les lumières de la salle pour l'échange des voeux de bonne année. Dans le noir, au son d'une musique en sourdine, François Ramsay et Lucie Lauzon échangèrent leur premier baiser. Ils ne retournèrent pas s'asseoir pour éviter de rompre le bonheur qu'ils éprouvaient à se tenir dans les bras l'un de l'autre. Tout à l'heure, ils n'oseront plus le faire: la musique se sera tue et la salle aura fermé ses portes.

Malgré l'insistance de Lucie, François refusa d'entrer chez elle pour y boire une crème de menthe ou un café. Elle pensa:

- Curieux comme il change vite et devient gêné. Un peu comme son père. Il ne viendra pas demain.

Pour s'éviter une déception, elle se le répéta plusieurs fois. Ainsi, elle aurait moins de chagrin s'il manquait à sa parole et plus de joie s'il y était fidèle. Le lendemain après-midi, c'est Nancy qui alla ouvrir la porte: sa mère parlait au téléphone à un agent de la Police montée. L'adolescent qui déblayait la neige de sa cour était impliqué dans une affaire d'alambic et l'on désirait des renseignements à son sujet.

La petite Nancy, de nature affectueuse et toute confiante envers ceux qui l'approchaient en souriant, tendit les deux bras à François pour se faire prendre; elle aimait se sentir grande quand on l'élevait dans l'air. François la tint dans ses bras et la fit valser au son de la musique du disque qui tournait. Quand Lucie revint au salon, il embrassa gentiment la petite et la déposa à terre.

- Monsieur pleure, dit Nancy en essuyant la joue droite du visiteur.

En effet, François avait les yeux mouillés et Lucie pensa que le froid glacial en était la cause. Elle s'avança vêtue d'une robe blanche.

- Quelle élégance! Puis-je vous souhaiter une bonne et heureuse année une deuxième fois?

- Si tu me tutoies...

François l'enlaça avec tendresse, murmura merci pour l'invitation et lui présenta une bouteille de vin pour égayer le repas. Seul, dans sa chambre, en ce premier jour de l'An, il se serait embêté en lisant un livre de science, puisque les restaurants et les clubs des alentours ne l'attiraient guère. Il sut apprécier l'excellence du repas dans une ambiance familiale où il venait d'avoir un second coup de foudre: il s'intéressa autant à Nancy qu'à Lucie. Les enfants le fascinaient sûrement car il projetait déjà d'apprendre à patiner et à skier à Nancy qui sautait de joie en le tenant par le cou.

Le français et l'anglais s'entremêlèrent au cours du repas mais la mère ne jugea pas à propos de reprendre Nancy, si surprise d'avoir eu droit à quelques onces de vin. Près de la chevelure d'ébène, la bouche et les joues éclataient de santé; Lucie s'étonnait encore de la belle mine de celle qu'elle avait reçue maigre et maladive. Quand on se leva de table, la gardienne était déjà arrivée pour s'occuper de la fillette et permettre aux adultes de converser en paix.

Une fois de plus, ni l'un ni l'autre ne rappela le désir de s'entretenir de choses sérieuses. Le tête-à-tête fut meilleur que celui de la veille car François avait une façon amusante de dire les choses et Lucie en profitait pour ajouter du piquant à la conversation. Elle avait le goût de rire et de faire un peu la folle car sa vie de jeune veuve lui pesait de plus en plus. Une fois ou deux, la figure du visiteur s'attrista; cela n'échappa pas à Lucie qui le vit secouer la tête comme pour chasser une pensée obsédante. À chaque occasion d'un retour en arrière, l'homme devenait plus sérieux et abordait un sujet tout à fait étranger à sa vie personnelle. Quand il riait, ses yeux se fermaient et de ses lèvres minces fusait un son clair et frais au milieu de petites rides inscrites au coin des yeux et de mèches blanches à peine visibles sur les tempes. Assis dans un fauteuil face à celui de Lucie, ses mains blanches caressaient le fourneau de la longue pipe qu'il retirait de sa bouche de temps en temps. Il semblait avoir tout le temps au monde pour parler et pour écouter. Vers onze heures et demie, quand il se leva pour partir, il lui confia:

- Ce sera pour la prochaine fois la séance des confidences. Est-ce que tu inviteras encore un homme sans parole comme moi?

- Est-ce la gêne ou un prétexte pour me revoir? demanda Lucie.

- Les deux, fit François en la regardant amoureusement. Avant de partir, me laisserais-tu revoir Nancy?

- Oh! elle dort à cette heure-ci.

- Je veux la voir dans son sommeil.

François suivit Lucie pour se remplir la vue de la petite bonne femme qui était allongée, les couvertures en désordre, tenant une poupée qui occupait trop de place. Faisant signe à la mère, il retira lentement la poupée encombrante, replaça tout doucement les bras de Nancy à la chaleur, et après avoir bordé la dormeuse, il attira sa mère vers lui. Debout derrière elle, il l'entoura de ses bras et se pencha en disant:

- Je voudrais qu'elle soit mon enfant...

13

Quelle tranche de sa vie cachait le Montréalais? Lucie savait seulement qu'il s'était opposé au mariage de son père à la "folle à Lauzon" et qu'il avait trouvé stupide l'idée de lui léguer un héritage après sa mort. Selon elle, François voulait lui demander d'où venait Nancy puisqu'elle n'avait pas eu d'enfant avec son père. N'avait-elle pas lu dans une lettre trouvée dans un pantalon de son mari: "C'est votre affaire, mais ne me demandez jamais de la rencontrer".

Au même instant, Lucie se souvint du coffret que lui avait remis la locataire de sa maison; si elle en faisait l'inventaire, elle y trouverait sans doute des lettres de François exprimant ses véritables sentiments à l'annonce du projet de son père. Par ailleurs, une certaine prudence la retenait de découvrir le mystère que pouvait contenir la correspondance intime entre les deux hommes: elle craignait de souffrir et de moins aimer celui dont les visites régulières lui donnaient le goût de vivre, de s'habiller mieux et de sortir davantage. Lucie s'était même inscrite aux cours de français offerts aux adultes de la Compagnie Manitoba Power. Tous les soirs, avant de s'endormir, elle griffonnait ce qui se passait en elle, dans un carnet laissé sur sa table de chevet. Le nom de François avait peu à peu remplacé celui de Jean qui avait dû l'oublier. D'ailleurs, Georgette Guimont n'en parlait plus dans ses dernières lettres venues de Phoenix où elle se reposait chez des amis depuis la fin de janvier.

Vers la fin de mars, Marcel annonça que son père était allé passer le jour de Noël chez René, à Montréal. Il se portait bien et depuis qu'il ne buvait plus, il avait pris de l'embonpoint.

- Mais, Marcel, il n'a même pas répondu à mes trois longues lettres, dit Lucie au téléphone.

- Lui parles-tu de maman?

- Bien sûr, à chaque fois que je lui écris.

- Lucie, parle seulement de toi et n'essaie pas d'arranger les affaires pour lui. Il sait ce qu'il fait et il ne veut pas se laisser influencer. À part ça, il est de bonne humeur.

Connaissant la raison du silence de l'absent, Lucie lui écrivit la journée même pour lui annoncer son intention d'aller le visiter à Mont-Laurier. Elle attendrait sa lettre avant d'entreprendre le voyage: si ce n'était pas durant l'été, ce serait après le départ de François à l'automne.

Au début de septembre, François accepta de quitter Great Falls pour un stage de trois mois à Twin Falls dans le Montana. Le travail l'intéressait et le directeur de la compagnie lui accordait une augmentation de salaire. Vu que la plupart des ingénieurs québécois préféraient de beaucoup les États de l'Est américain et que bien peu acceptaient de s'aventurer à l'ouest des Grands Lacs, François était un atout précieux pour la compagnie.

La veille de son départ, il amena Lucie à Winnipeg. Ce soir-là, attablés dans un restaurant, les amoureux mangèrent à peine. Inquiète, la serveuse s'informa si le mets était à point quand elle vint quérir les assiettes encore chargées. Le feu sautillant de la chandelle et le reflet des fleurs dans le miroir ne parvenaient pas à mettre un peu de joie dans les figures tristes et silencieuses. Lucie avait conclu que François hésitait à s'engager dans une relation avec elle; par contre, elle s'expliquait mal sa fidélité à se rendre chez elle tous les samedis, durant les trois derniers mois. Ayant remarqué que François aimait le bricolage, elle l'avait laissé s'amuser aux petites réparations de la maison: une porte à varloper, un tapis à remplacer, un mur à peinturer, ... François y tenait à cette journée du samedi. Fuite de la chambre d'hôtel, recherche de sa compagnie ou celle de Nancy qui le suivait partout? Lucie était perplexe en présence de cet homme hésitant à se livrer, mais près duquel elle avait vécu des journées de repos et d'abandon.

Le dimanche avait été tout aussi agréable que le samedi pour cultiver l'amitié qui les unissait davantage. C'était la journée de Lucie. Elle conduisait Nancy chez les Bruce où la présence de Gilberte assurait des jeux pour la journée, et le couple partait à la recherche d'un coin nouveau dans la province du Manitoba. Les longues routes droites, l'immense ciel bleu, les vastes champs de tournesol, de colza et de blé, le calme de la solitude; tout invitait à se plonger dans un climat bon à respirer quand on s'aime. François préférait surtout les petits restaurants où il parlait aux gens, même si ces derniers ne chuchotaient que quelques mots. Les Métis l'attiraient mais il réussissait rarement à engager une longue conversation avec ceux qui se méfiaient des Blancs. N'avaient-ils pas autrefois trompé leurs ancêtres? Les Métis, après avoir reçu leurs terres de la Compagnie de la Baie d'Hudson, en avaient été dépouillés au profit des nouveaux venus. Ceux-ci rêvaient de revoir disparaître la nation métisse, cette nation bâtarde qui faisait obstacle au développement du Canada dans l'Ouest.

Lucie, née au Manitoba, devenait de plus en plus fascinée par une histoire qu'elle ignorait totalement. Surtout, elle s'expliquait mal l'intérêt des visiteurs québécois pour sa province. Ceux qu'elle avait rencontrés au village de Somerset lui avaient posé des questions, et son ignorance l'avait humiliée. Afin d'en connaître davantage, elle avait emprunté des livres à la soeur Jeanne Mance.

Ainsi, quand ils voyageaient ensemble, ils avaient un sujet de conversation qui plaisait aux deux. De leur passé personnel, jamais un mot; et de leur famille, encore moins. Leur vie présente était contenue dans une grande parenthèse, et ni l'un ni l'autre ne tentaient d'en sortir parce que l'inconnu était porteur de malheur.

Un après-midi de juillet, en quittant Beauséjour, l'auto s'était engagée sur un chemin cahoteux et poussiéreux, en direction de Cook's Creek, dans le but de laisser la grandroute et de jouir de l'ardeur du soleil dans les champs cultivés. Le petit hameau où l'on s'arrêta comptait quelques maisons entourant un immense temple semblable à ceux des Mormons aux États-Unis. Un terrain immensurable entourait l'édifice de béton à l'entrée majestueuse marquée de quatre statues représentant des anges. Un vrai château sorti d'un conte de fée! La muraille de pierre, haute d'une vingtaine de pieds, cachait dans son enceinte des tunnels abritant des autels érigés pour les besoins de culte; à l'extérieur, un long escalier ressemblant à ceux des tours du Moyen Âge conduisait aux stations d'un chemin de la croix. La vision était si inattendue que l'on se sentait dans un autre monde sous la voûte de cette construction froide et sévère. Dans l'église, un prêtre très âgé célébrait la messe, en langue ukrainienne, pour trois personnes seulement. Les ministres du rite ukrainien à Winnipeg, qui avaient fait construire le temple, avaient-ils voulu une réplique de la cathédrale de Saint-Boniface et escompté faire de ce coin perdu du Manitoba un lieu de pèlerinage?

Lucie venait de rappeler le souvenir de l'excursion à Cook's Creek, sorte de prétexte pour meubler la conversation. Les randonnées du dimanche et les heures inoubliables dans la maison de Great Falls se répéteront-elles? En cette veille du départ de François, elle aurait voulu savoir ce qui se passait en lui. Le repas en était-il un d'adieu ou d'au revoir? Comme elle aurait voulu se jeter dans ses bras et se laisser caresser! La peur de ne plus le revoir la tourmentait. Si elle n'avait pu manger, elle ne pouvait davantage boire à la coupe de vin qu'elle portait à ses lèvres pour se donner un peu de contenance. Elle n'allait pas être la première tout à l'heure à mettre fin au baiser quand il la quittera. Elle voudrait lui dire qu'elle l'aime mais elle n'oserait le faire sans s'assurer qu'il l'aime lui aussi. Voit-il encore en elle la "folle à Lauzon"? La désire-t-il pour son épouse? S'interroge-t-il au sujet de Nancy? Accepterait-il sa famille? Mais la sienne, sa famille? Qu'en savait-elle? Que faisait son père au Manitoba? Sa mère? Quand François parla de lui écrire aussitôt qu'il connaîtrait son adresse permanente aux États-Unis, elle lui demanda aussi son numéro de téléphone. Elle ne voulait pas révéler la piètre qualité de son français écrit et préférait une conversation orale.

Vers onze heures, en montant avec elle les marches du perron, des Saint-Onge, François lui entoura les épaules en disant:

- On se reverra? Cette séparation est utile puisqu'elle nous servira de test. Tu verras si tu peux te passer de moi. Mais, Lucie, si un autre homme croise ta route, pense à moi avant de t'engager.

- Viendras-tu à Noël? dit-elle avec hésitation.

- Si tu m'invites, chérie.

C'était la première fois qu'il employait ce mot pour elle. Ni monsieur Ramsay, ni Jean Joly ne l'avaient fait. Transportée de joie, elle lui sauta au cou en lui communiquant la chaleur de ses bras nus et rondelets. La robe de jersey rose qui moulait son corps la rendait appétissante et François la retenait avec une ferveur sensuelle. Dissimulés derrière le rideau de dentelle de la fenêtre du salon, Paul et Stella écrasaient la fougère qui leur barrait la vue pour mieux apercevoir le couple enlancé dans leur véranda. Ayant éteint la lampe pour laisser croire qu'ils étaient au lit, ils avaient juré d'en savoir plus long sur le nouvel ami de Lucie, le fils de son défunt mari. Une fois témoins du baiser, ils avaient couru se mettre au lit pour ne pas être surpris. Lucie n'entra pas immédiatement après le baiser d'adieu car il y en avait eu un deuxième, un troisième et un quatrième.

La séparation avait été extrêmement pénible pour Lucie; elle profita de sa rencontre avec Stella pour lui confier ce qui faisait d'elle une tout autre femme. Après la rupture avec Jean, Stella lui avait suggéré de sortir et de flirter un peu; aussi, étant donné que Great Falls n'était pas l'endroit idéal à cause du va-et-vient de sa population, elle avait en liste quelques amis de la ville. Lucie ne voulut rien entendre et Stella n'insista pas.

De retour à la maison, les jours et les nuits qui s'éternisaient furent difficiles à supporter. Heureusement, les lettres de François ne tardèrent pas à arriver et, par la suite, elle éprouvait autant de félicité à lui écrire qu'à le lire. Quand elle relisait les lettres reçues, elle s'appliquait à y découvrir ce qu'elle recherchait le plus: l'aveu de son amour. François l'avait murmuré une fois, la veille de son départ, mais maintenant il mesurait la portée de chacun de ses mots. Pourquoi?

Au mois d'octobre, elle lui téléphona pour lui annoncer qu'elle s'en allait chez René à Montréal, lui cachant le véritable but de son voyage: une visite à son père. Puisqu'elle ne serait absente que quelques jours, elle l'appellerait dès son arrivée au Manitoba.

Elle quitta Winnipeg avec Nancy, à bord du train de dix heures du soir en direction de l'Est. Le voyage dura deux nuits et une journée entière. Le contrôleur, en charge du wagon-lit, alla s'asseoir plusieurs fois avec les voyageuses pour leur décrire avec enthousiasme la belle province. Quant au Noir, qui s'empressait à rendre le voyage agréable, il gagna la confiance que Lucie recherchait. Dans sa chambrette dont la porte consistait en de longs rideaux de toile couleur kaki, elle craignait de voir la main d'un passager s'engouffrer soudainement par l'ouverture du milieu, aussi

Lucie avait insisté pour que le Noir passe souvent devant sa tente au cours de la nuit.

À Montréal, René s'était rendu à la gare centrale pour rencontrer sa soeur qu'il ne reconnut qu'au moment où elle le salua:

- Allô, René, dit-elle. Tu es aussi chic que les Québécois qui venaient travailler à Powerview! Tu te souviens?

- Et toi. What a lady! Veux-tu me dire ce qui t'arrive? Marcel m'a dit que tu ne bégayais plus mais je n'ai pas voulu le croire. Vite, j'ai hâte de te parler. Par ici, suis-moi. Je prends la petite dans mes bras. Well! elle est à croquer, ta fille. Fais-y attention.

Le frère aîné n'était plus le gars effronté aux allures brusques et au ton maussade. Comme Lucie, il avait eu la chance de vivre dans une famille étrangère. L'amitié d'une fille l'avait encouragé à adopter des manières différentes de celles de ses anciens copains du Manitoba. Le lendemain, il reconduisait Lucie à l'autobus en partance pour Mont-Laurier. La pensée de revoir son père faisait oublier à la voyageuse le périple exténuant. Un passager assis vis-à-vis d'elle, de l'autre côté de l'allée, s'informa du but de son voyage; il lui apprit alors qu'il connaissait très bien Albert Lauzon, le préposé aux permis de conduire. Échevin au conseil de la ville, il avait souvent recours à lui pour se faire composer une lettre en anglais; et il n'était pas le seul à le faire parce qu'Albert Lauzon ne refusait jamais un service. Des gars comme lui étaient fort appréciés à Mont-Laurier.

Le paysage du Québec ne ressemblait en rien à celui du Manitoba. D'abord, les montagnes et les collines, les routes étroites, les champs petits encerclés de clôture, les villages qui se touchaient les uns les autres... Ce qui frappa surtout Lucie fut d'entendre les gens rire fort et se taquiner comme s'ils s'étaient toujours connus. Même le chauffeur d'autobus réagissait aux farces, s'il ne conversait pas avec les voyageurs assis en avant. Deux garçons assis dans la banquette en arrière de Lucie utilisaient autant de jurons que de mots. Et les histoires, donc...

Frappant à la porte d'une maisonnette un peu délabrée, Lucie vit son père se lever avec empressement.

- Tu parles d'une grande visite, dit-il en l'embrassant. Avec ta petite à part de ça!

Nancy tendait déjà ses bras au grand-papa qui la soulevait dans l'air et lui faisait toucher le plafond. Regardant sa fille plus attentivement, l'homme ne parvenait pas à lui exprimer ce qu'il ressentait: trop de souvenirs lui revenaient d'un seul coup. Lucie lut le même amour qu'autrefois dans les yeux bons et tendres. Il avait la mine heureuse, dans une toute petite habitation qui ne comptait qu'une cuisine-salon et une chambre à coucher. Visiblement enchanté de voir le changement qui s'était opéré chez elle, Albert Lauzon lui souhaita un mari:

- Si tu ne trouves personne au Manitoba, viens à Mont-Laurier; ici, il y a quatre hommes pour une femme.

Lucie examina son père qui avait rajeuni d'au moins dix ans. La maison peu confortable ne l'empêchait pas d'être bien mis. Ses vêtements étaient portés régulièrement chez le nettoyeur et une femme de ménage voyait à l'entretien du logis. Prévenu depuis une semaine de la visite de Lucie, il avait demandé à madame Maillet de faire un ménage du tonnerre. La vieille femme avait même confectionné un rideau de porte qu'elle venait d'installer à la grande joie d'Albert qui lui avait versé un généreux pourboire.

L'homme seul économisait beaucoup. Sans être avare, il réussissait à déposer régulièrement en banque le salaire de l'hôtel de ville. Les divers travaux de menuiserie qu'il acceptait les soirs et les fins de semaine lui rapportaient encore plus d'argent qu'il ne lui en fallait pour vivre. Souvent, il était invité à partager le repas des gens qui requéraient ses services. La petite maison meublée, achetée au prix de quinze cents dollars, lui suffisait pour le moment et il ne s'en plaignait pas. Dans la conversation, il ne fut pas question de

Martha une seule fois. Quant à son retour au Manitoba, sa décision était irrévocable. Il avait dit:

- Je n'y remettrai jamais les pieds. Je vis en paix à Mont-Laurier et je suis heureux. Si les enfants veulent me voir, qu'ils viennent. J'ai eu trop honte à Powerview. Enough is enough.

Albert, au cours des trois jours de la visite, alla chercher Lucie et Nancy à leur motel pour partager le repas après sa journée de travail. Avec émotion, il s'enquit de chacun de ses enfants. Quand Lucie lui répéta les propos de Ghislaine et d'Émilie, il parut troublé mais se garda bien de tout commentaire.

Lucie se félicitait d'avoir entrepris ce long et coûteux voyage pour savoir où et comment vivait son père. Ainsi, il avait retrouvé la quiétude en quittant sa famille. Tout comme elle. Pouvait-elle exiger de lui qu'il revienne à Powerview et perde tout ce qu'il avait acquis en changeant de milieu? Albert Lauzon était engagé dans une voie qui lui apportait la sérénité; cela se voyait à sa façon de rire et de parler aux gens qui venaient le saluer au restaurant tous les soirs. Albert Lauzon de Mont-Laurier avait émergé tout autre de la peau d'Albert Lauzon, le pauvre diable de Powerview. Il était un homme debout.

Il avait cru au bonheur en épousant la femme qu'il aimait. Plus tard, se voyant trompé, il avait gardé l'espoir qu'une famille pouvait retenir au foyer une femme trop volage. Maintenant, il était seul à Mont-Laurier, très seul dans sa petite maison située au bout d'une rue principale de la ville, aux abords d'un terrain non défriché. L'été, quand les voisins l'apercevaient assis sur les marches du perron, il était invité à leur rendre visite. Peu à peu, un ami avait commencé à le faire assez régulièrement. La vue d'un ménage heureux le blessait. Ainsi, quand monsieur Arpin embrassait sa femme en rentrant à la maison, Albert se demandait pourquoi le bonheur d'un foyer normal lui était refusé.

Dorénavant, Lucie s'inquiéterait moins de celui qui avait

été la patience même avant de faire éclater sa colère et de tourner le dos à Powerview. Au Manitoba, elle passa une journée à Winnipeg pour revoir Marcel, Francine et Ghislaine. Tout allait bien à part les colères de Francine sur les sorties et les vêtements.

À Great Falls, le lendemain matin, Lucie constata un certain désordre dans le salon, la salle à manger et la chambre à coucher. Quelqu'un était entré. François avait-il chargé une personne de retrouver les papiers importants dont il avait été question auparavant? Serait-il capable d'une telle bassesse? Heureusement, la somme d'argent disparue du tiroir du secrétaire la rassura sur l'identité de l'intrus. François n'aurait pas volé. À la hâte, elle se rendit à la cuisine pour voir si on avait mangé. Une note sur le comptoir l'affola.

Lucie, moi et Jerry on voulait te voir pour t'emprunter un peu d'argent mais on s'est servi. On a pris $92.00 mais on va revenir quand on pourra le remettre. Là, on s'en retourne à Thompson pour un mois. Don't tell anyone.

Bye. Lucien.

La jeune femme cessa de bouger. Une alarme soudaine s'était répandue dans tous ses membres et une chaleur accablante avait succédé à la sueur froide qui l'avait d'abord paralysée. Elle revoyait Jerry, cet éternel chômeur plus âgé que son frère Lucien, lequel se livrait en aveugle à l'exécution de ce qu'on lui commandait.

Jerry était passé maître dans l'art du chantage. Lucie entendait encore ses fausses déclarations d'amour et ses odieuses menaces. Si les deux apprenaient qu'elle aimait François, ils sauraient se servir de cette situation pour mieux arriver à leur fin.

- Ils savent que j'ai de l'argent car je ne serais pas venue vivre à Great Falls. Je dois maintenant m'attendre à les revoir.

Lucie pensa avertir la police, mais ensuite elle jugea bon

de garder le silence sur la présence des deux indésirables dans la région. S'ils avaient forcé sa demeure pour voler, ils seraient repris: dès leur sortie de prison, ils lui feraient payer cher la dénonciation.

Au cours de la soirée, Barbara Bruce avait parlé à Julius de la nervosité et de la pâleur de Lucie:

- Elle n'a même pas voulu prendre une tasse de thé et parler de son voyage dans l'Est.

- Elle est fatiguée la pauvre...

- Elle m'a demandé si quelqu'un avait rôdé autour de sa maison.

- As-tu vu quelque chose d'anormal?

- Non, dit Barbara.

Le soir, aussitôt couchée, Lucie essaya de reprendre le fil de ses idées pour savoir à quoi s'en tenir au sujet de Lucien et de Jerry qui reviendraient chez elle. Elle aurait dû y penser avant de se rapprocher de Powerview; la meilleure solution serait de vendre la maison et d'aller s'installer loin de la famille.

Le moindre bruit la faisait sursauter: elle se leva et plaça l'appareil téléphonique sur son lit à portée de la main. Rien ne l'assurait que les deux maraudeurs étaient partis pour Thompson. Ils savaient si bien mentir. S'ils l'avaient vue descendre de l'autobus et étaient demeurés à Great Falls? Auraient-ils laissé croire à leur départ pour mieux la surprendre ce soir? Devait-elle téléphoner à Marcel à Winnipeg ou à Julius Bruce?

Maintenant que son père avait pris une décision au sujet de sa mère, l'idée serait peut-être excellente de la faire venir à Great Falls avec Émilie. Ou encore embaucher Guy à des travaux autour de la maison? Mais si Guy et Lucien se mettaient ensemble pour des mauvais coups? La tante Stella! Vite, Lucie composa son numéro. Pas de réponse au bout du fil. Elle aurait dû y penser. La famille devait se rendre en fin d'après-midi à Brandon pour le mariage du frère de Paul, et on était au vendredi.

N'ayant pas encore fermé l'oeil vers deux heures du matin, et étant plus éveillée que jamais, Lucie décida de prendre un somnifère. En faisant de la lumière, elle aperçut le coffret de monsieur Ramsay sur sa table de chevet. Vite, elle plaça deux oreillers derrière son dos, s'empara d'une paire de petits ciseaux et fit sauter la faible serrure d'un seul coup. Quelques lettres portant l'écriture de François étaient retenues par une bande de papier jauni sur lequel était écrit de la main d'Édouard Ramsay: À ne lire qu'après ma mort. Lucie oublia sa peur, ses projets d'avenir, et surtout le sommeil, et elle lut la première lettre.

Montréal, 10 mars 1953

Cher père,

Votre lettre m'a grandement surpris. J'étais loin de penser que vous aviez entendu ma conversation avec Jérôme la fois que je l'ai amené coucher chez vous. C'est vrai que j'ai violé la folle à Lauzon; vous aviez bien entendu. Seulement, j'ai été seul à le faire parce que Jérôme était trop soûl; quoique l'idée était venue de lui.

Vos réprimandes, je suis seul à les mériter. J'étais comme fou ce soir-là. On avait travaillé fort au chantier et j'étais mécontent parce que vous n'aviez pas voulu nous prêter votre voiture pour aller à Winnipeg avec Paul et Robert Sinclair. Vos raisons étaient valables mais j'avais dit aux gars que je l'aurais la voiture et j'avais perdu la face.

Papa, j'ai eu honte de moi dès le lendemain de cette affaire et j'ai maintenant dix fois plus honte de ma conduite en apprenant les conséquences de cette folie. Je sais que vous tenez fortement à me voir terminer un cours que vous aviez rêvé de faire quand vous étiez jeune. Vous n'avez pas eu la chance que j'ai.

Je sais aussi que ma mère regretterait d'avoir donné la vie à un gars comme moi si elle vivait encore. Dites-moi seulement que vous me pardonnez et que vous ne me parlerez plus de cet incident que je veux oublier moi aussi.

Votre fils affectionné,
François

C'était lui. C'était lui. C'était François qui l'avait violée. Et il le savait. Trop lâche pour lui avouer son comportement sauvage! Trop lâche pour reconnaître qu'il était le père de Nancy! Trop lâche pour s'excuser auprès d'elle et solliciter son pardon! Ah! elle s'en balançait maintenant de ses belles manières douces et de ses attentions pleines de tendresse. Sa douceur et sa tendresse! François Ramsay n'était qu'un lâche de la pire espèce. Maudit Québécois! Il ne la reverrait plus jamais! Jamais plus! Elle se sauverait avec Nancy le plus loin possible pour le punir de sa conduite de goujat et de son hypocrisie sans égale.

Lucie pleura longtemps. Elle frappa des coups sur ses oreillers quand elle s'étendit de tout son long pour tenir la tête sous les couvertures afin de ne pas alerter Nancy. Elle pleura à son aise sur son bonheur écroulé, mais elle pleura surtout de rage en promettant de se venger. Combien de temps dura sa crise de larmes? Elle oublia les autres lettres tellement la première l'avait foudroyée et si elle s'était écoutée elle serait partie immédiatement du Manitoba. Soudain, elle se releva, rejeta ses couvertures au pied du lit et alla s'installer dans la cuisine pour y lire les autres lettres. Quand elle toucha la suivante, elle savait que tout lui serait indifférent dans ce qui pouvait venir et c'est avec lenteur qu'elle déplia la deuxième lettre.

Montréal, 10 juillet 1953

Cher père,

Votre dernière lettre me parlait encore de votre indignation. Croyez que je suis bouleversé autant que vous d'apprendre que Lucie Lauzon est enceinte et que tout le village fait des ragots sur son compte.

Je promets de ne plus l'appeler la folle à Lauzon et d'accepter de vous écouter encore quand vous parlerez d'elle. Mais ne vous en faites pas pour ce qui pourrait arriver; Jérôme Lavallée est rendu dans les Maritimes et moi, je ne mettrai plus jamais les pieds à Powerview. Lucie ne nous connaissait pas et on l'avait fait boire parce qu'elle était gelée ce soir-là et qu'on voulait avoir du fun.

Lui envoyer de l'argent serait imprudent de ma part et je pourrais le payer cher. Je vous en prie, cher père, oubliez cette affaire le plus tôt possible car ce n'est pas bon pour votre coeur malade. Vous savez, Lucie aurait, un jour ou l'autre, été la victime d'un gars comme moi.

Je pars pour l'Europe dans deux semaines sans connaître la date exacte de mon retour. J'ai été choisi pour composer une équipe d'étudiants qui profitent d'un voyage-échange avec des étudiants universitaires de Toulouse. Faites comme moi, ne pensez plus à Lucie car vous allez vous rendre malade.

Je ne suis pas le fils sans coeur que ma conduite vous porte à croire. De plus, en relisant vos lettres pleines de sévérité et de bonté, je suis fier d'être le fils d'un père que je ne connais pas suffisamment. Je voudrais surtout avoir les qualités humaines qui vous caractérisent si bien.

Votre fils sincère,

François

Toute la haine que Lucie avait portée dans son coeur pour l'inconnu qui l'avait violée s'était réveillée avec une telle force qu'elle eut peur d'elle-même. Chaque fois qu'elle s'en était ouverte à Édouard Ramsay, il l'avait toujours calmée en défendant le violeur à sa façon. Ah! il avait doublement raison de le faire! Maintenant, elle avait mal et elle se sentait plus vulnérable que jamais. Le passé dardait des pointes aiguës dans sa chair et le présent la déchirait plus cruellement encore. Le sujet de sa douleur était une seule et même personne, François Ramsay. Oui, il paierait sa folie et surtout son refus de se faire connaître après avoir appris qu'elle portait un enfant de lui. Elle en savait déjà assez pour le rayer à jamais de sa vie. Il pouvait aller à tous les diables. En tremblant, elle ouvrit la troisième lettre.

Montréal, 25 juillet 1955

Cher père,

Votre lettre m'a fait sursauter. Pourquoi tenez-vous tellement à réparer le tort que j'ai fait à une pauvre simplette en sacrifiant votre vie paisible pour l'épouser. Vous ne voulez pas me demander de l'épouser parce que ma vie serait manquée ainsi que ma carrière, mais vous n'hésitez pas à le faire par pure charité. Vous êtes trop bon, il n'est pas nécessaire de pousser la vertu à ce point. Je vous trouve grand dans votre compréhension et votre pitié envers Lucie Lauzon et, moi, bien petit dans mon égoïsme.

J'ai de plus en plus honte de moi. Non seulement, j'ai gâché la vie de cette fille mais je gâche les dernières années d'une vie paisible et heureuse pour vous. Je suis trop lâche pour me présenter devant Lucie Lauzon pour lui dire que je suis le père de son enfant.

Au fait, papa, c'est une bonne chose que Lucie ait abandonné son enfant. Elle n'était pas assez fine pour en prendre soin. Espérons qu'elle aura un peu de chance dans la vie.

Sincèrement,
François

La colère de Lucie, loin de s'atténuer, grandissait à mesure qu'elle découvrait tout le passé de François Ramsay. Ses pieds grelottaient sur le linoléum. Parce qu'elle aimait marcher pieds nus, elle n'avait pas chaussé de pantoufles et elle le regrettait cette fois. Se dirigeant vers le salon, elle décida d'en finir le plus vite possible avec le contenu du coffret dont elle avait eu tort de négliger l'importance. Mais comment un être humain pouvait-il passer si brusquement de l'amour à la haine? Hier, François Ramsay était l'homme auquel elle aurait juré un amour éternel, le seul homme qu'elle aurait accompagné tout au long de sa vie, celui qui la comblait de sa présence. Aujourd'hui elle le haïssait et ne voulait plus le revoir. Le regard dur et la main nerveuse, elle déchiffra d'un seul trait la quatrième lettre.

Montréal, 12 décembre 1956

Cher père,

Il y a tellement longtemps que je n'ai pas eu de vos nouvelles. J'ai pensé que vous ne vouliez plus entendre parler d'un fils qui s'entête à ne pas vous écouter. Non, je ne suis pas un garçon sans coeur et je ne suis pas non plus le garçon libertin que

150

vous imaginez.

Ma folie de jeunesse m'a servi de leçon dès le début de ma vie. Je prends rarement de l'alcool et je choisis mes amis et amies avec plus de discernement qu'au cours de mes études.

Je voudrais aller vous voir mais je crains de rencontrer votre femme, la mère de mon enfant, que je refuse toujours d'accepter. Vous l'avez épousée, dans la loi, mais moi, je l'avais épousée dans le chair avant vous. Vous l'acceptez, et moi, je la rejette. Pour elle, je n'aurai toujours que de la pitié, jamais d'amour.

Quand vous me parlez de la patience que vous devez avoir envers elle, vous ajoutez en même temps la consolation que vous apporte son coeur reconnaissant et aimant. Vous êtes un père très vertueux. Vous ne saurez jamais à quel point je vous admire.

De plus en plus, je pense à vous. Vous êtes un être dépareillé, en dépit du fait que notre attitude envers Lucie Lauzon sera toujours là pour nous diviser.

Je vous aime toujours,
François

Le père de Nancy souffrirait à son tour de sa disparition, tout comme elle avait souffert lors de la disparition de sa mère avec le bébé naissant. S'il s'était présenté pour réclamer l'enfant, Martha Lauzon n'aurait pu le garder pendant six ans à Vancouver; il n'avait qu'à se servir de la loi pour régulariser la situation. Puis, il en passerait des années avant qu'il prenne Nancy dans ses bras et l'amène faire des randonnées en bateau ou en moto-neige. Lucie tenait le moyen de lui faire payer tout ce qu'elle avait enduré à cause de lui et elle ne changerait pas d'idée. Elle savait où aller et elle mettrait son plan à exécution le plut tôt possible. Déjà, Lucie avait songé à remettre les bijoux reçus, et à la lettre qu'elle lui écrirait. Une dernière lettre restait à lire. Que pouvait-elle encore lui apprendre?

le 15 novembre 1957

Cher père,

Si vous saviez à quel point j'aimerais vous faire plaisir en allant vous voir pour parler longuement avec vous, comme vous

151

en exprimez le désir dans votre dernière lettre. Deux fois, la compagnie m'a offert d'aller faire un stage dans l'Ouest parce qu'on sait que vous êtes là et qu'on pense à vous en me donnant le premier choix.

Je ne veux pas voir Lucie Lauzon et surtout je ne comprends pas votre décision de lui laisser un tel montant d'argent après votre mort. Je n'ai gardé d'elle qu'un souvenir pénible et quand vous me dites que Lucie ne parle jamais de son enfant, c'est donc que sa mère savait qu'elle n'était pas normale.

Pourquoi vous obstinez-vous à vous faire le bienfaiteur d'une pauvre fille alors que vous avez le coeur malade et que vous devriez vivre tranquille et éviter de l'amener ici et là en écoutant ses caprices? Lucie n'aura qu'à retourner chez elle si vous mourez avant elle. Vous pouvez lui laisser la pension qui revient aux veuves des vétérans et elle en aura suffisamment.

Je me suis demandé si une telle idée ne vous est pas venue pour me décider à aller vous visiter et me donner l'occasion de me la présenter. Je fréquente actuellement une fille qui est très bien et je n'ai pas l'intention de chercher ailleurs. Vous savez fort bien qu'il n'est pas question de considérer un mariage avec Lucie Lauzon. Pour rien au monde, je n'accepterais de passer ma vie avec elle. Je connais votre bon coeur et je sais que vous ne tenez aucunement à ce que je gâche ma vie pour une folie passagère à réparer.

Cependant, je suis hanté par le souvenir de la pauvre fille et celui de l'enfant que je lui ai fait sans réfléchir aux conséquences.

Je vous téléphonerai pour votre fête mais si c'est elle qui répond, je raccrocherai aussitôt. Essayez d'être près du téléphone vers dix heures, jeudi soir.

> *Votre fils affectueux,*
> *François*

Tout abasourdie par la lecture des lettres de François à son père, Lucie quitta son fauteuil et elle se traîna plus qu'elle ne marcha jusqu'à son lit où elle s'agenouilla et courba la tête pour la cacher dans ses mains. Elle ne pleurait plus mais elle ne parvenait pas à prier le Seigneur dans cette heure de détresse totale. Que dire au Seigneur? Elle ne pouvait pas

L'implorer de l'aider à se venger. D'un autre côté, elle ne voulait pas qu'Il lui donne le courage de pardonner: elle avait décidé de se venger du plus grand affront reçu dans sa vie.

Dans son imagination, les moyens de vengeance se précisaient à mesure que les minutes passaient. Elle ne sut pas combien de temps elle demeura ainsi prostrée avant de s'arrêter au plan conçu. Faire parvenir les "papiers importants" tant recherchés et dire à son auteur qu'il ne reverrait jamais la folle à Lauzon qui pourrait gâcher sa vie, encore moins sa fille à qui elle ne parlerait jamais de son père indigne.

François savait que Nancy était sa fille. Une rage sourde gronda longtemps en elle. Il y a longtemps qu'elle ne s'était sentie aussi amère et aussi vindicative. Le François si doux avait été la bête de cette nuit affreuse. Il avait blâmé son père de l'avoir épousée, avait refusé de la voir et il avait même déconseillé à son père de lui laisser tant d'argent. L'héritage de Ramsay était toujours en banque et Lucie n'en retirait que les intérêts. Ah! elle aimerait lui lancer à la figure cet argent qui lui revenait. Était-ce pour mettre la main sur le magot qu'il avait tant louvoyé autour d'elle?

À six heures du matin, Lucie se retournait encore dans son lit après avoir ajouté une couverture de laine. Comme elle avait froid et chaud en même temps! Un deuxième somnifère avalé après la lecture des lettres ne l'avait pas aidée du tout. Tendue et remuant sans cesse, ses yeux étaient enflés, sa tête bourdonnait et menaçait d'éclater, son coeur battait d'une façon inhabituelle. Lucie souhaita la mort. Le téléphone sonna. Elle décrocha machinalement, dit allô, mais on avait déjà raccroché.

Sans doute Jerry et Lucien. Ils savaient qu'elle était revenue de Mont-Laurier.

15

François s'inquiétait de plus en plus du silence de Lucie qui ne répondait plus à ses lettres et avait même changé de numéro de téléphone sans le prévenir. Quand il avait appelé Barbara Bruce pour s'informer d'elle, il avait su qu'elle ne parlerait pas, et avait deviné qu'il était en cause. Le mois d'octobre tirait à sa fin et les longues soirées d'automne, sans nouvelle de Lucie, lui faisaient regretter d'avoir accepté le poste à Twin Falls. N'avait-il pas souhaité cette absence escomptant plus de certitude dans l'amour qu'il vouait à Lucie Lauzon?

Plus jeune, sur le point d'avouer ses sentiments à une fille, la crainte de se tromper l'incitait à se taire. Quelquefois, il avait regretté sa trop grande prudence sans toutefois détruire sa peur d'aimer sans être aimé. Les perturbations sérieuses qu'avait subies un de ses amis, et la peine dont il avait été le témoin inutile, l'avaient profondément marqué.

Au fond, François était sensible et il ne voulait pas souffrir. L'ingénieur devenait nerveux et il perdait l'appétit. Les journées du samedi le rendaient presque fou parce qu'il en avait vécu d'inoubliables à Great Falls. Reverrait-il Lucie? Quoique Barbara lui eût dit de penser à une autre femme, il ne pourrait jamais oublier celle dont le souvenir était lié à la gamine qui lui entourait le cou de ses bras ou le chatouillait s'il faisait une sieste sur le divan du salon. Souvent, le soir, il relisait les lettres de Lucie dans l'espoir d'y dépister une ligne ou un mot qui aurait expliqué son mutisme, une expression lui laissant deviner qu'elle aimait ailleurs. Trois de ses lettres étaient revenues avec le mot "Moved". À chaque fin de semaine, il était comme un lion en cage et il téléphonait de nouveau aux Bruce pour leur arracher une partie du secret si bien gardé. Un soir, il parla plus longuement que d'habitude à Julius qui était seul à la maison; avant de raccrocher, son ami lui avait lancé:

- Viens nous voir à Noël, Francis. On jasera de tout ça.

François n'attendait que cette invitation qu'il accepta en bénissant le ciel. À la mi-décembre, il acheta les présents de Noël pour les deux femmes de sa vie qu'il comptait revoir. Deux fois, il était retourné se procurer d'autres articles, confiant de doubler leur plaisir en changeant d'idée. Ensuite, incapable de faire le tri, il avait décidé de tout apporter.

À la soirée d'adieu organisée en son honneur, François accompagnait la secrétaire du président de la compagnie. Elle était plus jolie que Lucie mais coquette et très superficielle. Malgré les deux faiblesses de sa personnalité, Cathy avait réfléchi un peu sur le comportement bizarre de l'ingénieur, encore célibataire à trente ans. Une remarque avait fait bondir François qui avait riposté:

- Mais pourquoi penser que les femmes me sont indifférentes? J'en aime une et, si je ne peux l'épouser...

- Je trouve drôle votre façon de passer vos soirées seul à vous ennuyer. À votre place...

François la regarda plus attentivement, désira soudain la bouche merveilleuse, les hanches provocantes et bien dessinées de ce mannequin. Il lui offrit à danser et elle se fit ondulante dans ses bras.

- Après la soirée, venez à mon appartement, dit-elle, on sera plus à l'aise pour causer.

- Merci, dit François, je pars très tôt pour le Canada, demain matin, et je dois faire des préparatifs.

Ses bagages consistaient surtout en un tas de colis emballés avec soin depuis plusieurs jours. Tout était prêt. Il aurait pu s'amuser mais il n'allait pas se bouleverser à la veille d'un voyage aussi important. Le reste de la soirée, il s'intéressa à d'autres filles, prenant bien soin d'éviter Cathy qui le suivait des yeux. En dansant, si la partenaire ne parlait pas, il se transportait dans le salon de Great Falls, entouré de Lucie et de Nancy. François voulait une vie de famille maintenant, une vie qui le sortirait des livres et des conférences savantes qui avaient trop absorbé sa jeunesse.

Sa mère avait toujours été malade après sa naissance; à sa mort, son père l'avait placé en pension, non pour se débarrasser de lui mais parce qu'il préférait demeurer seul et ne pas se remarier dans le seul but de donner un foyer à François. La compagnie, qui l'avait embauché pendant plusieurs années, lui avait été très reconnaissante d'accepter des charges dans toutes les provinces du Canada sans omettre les Territoires du Nord-Ouest. Édouard Ramsay réalisait ainsi le rêve de sa vie: voyager et vivre seul. C'est alors que François put le rejoindre dans des endroits différents durant ses congés scolaires. À son tour, le fils put acquérir une bonne connaissance de la géographie physique et humaine du Canada. En 1953, accompagné de Jérôme Lavallée, il s'était rendu à Powerview. C'est là qu'il avait fait le fou...

Par la suite, sachant qu'il serait souvent envoyé dans l'Ouest canadien, il avait songé à la maison de son père, sise sur le bord de la rivière Winnipeg. Lors de sa première visite pour la compagnie Manitoba Power, il s'était d'abord informé de Lucie Lauzon; personne n'avait pu le renseigner sur ce qu'elle était devenue depuis son départ définitif de Powerview. Quand on lui avait offert de faire un stage de trois mois au Manitoba, il avait tout de suite pensé à se faire acquéreur du site qui l'attirait. Étant donné que Lucie ne savait rien du fils d'Édouard Ramsay, et que, de son côté, il ne saurait jamais la reconnaître, il pouvait s'installer dans les lieux sans ennui.

Adolescent, François était fier, et porté à s'isoler. Il aimait la lecture et le bricolage, deux occupations exigeant la solitude et la tranquillité. Après plusieurs voyages organisés, le temps vint où se réduisit le nombre de ceux qui étaient disponibles pour ce genre d'évasion. Quand la femme et les enfants devinrent le centre de la vie de ses amis, François se sentait de trop, en dépit du fait qu'il était encore invité à les visiter. Depuis sa rencontre avec Lucie, il se sentait mieux dans sa peau. L'enfance malheureuse de cette dernière l'avait rendue tellement attachante et humaine; Lucie s'était habituée à penser aux autres pour se faire accepter et, à son insu, avait développé un sens de partage peu commun chez une femme de son âge. Tout le monde l'aimait parce qu'elle était une personne de paix et un modèle de simplicité, sympathique aux difficultés des autres. Au début, la grande générosité qui l'habitait avait aussitôt fait réfléchir François sur l'égoïsme qu'il cultivait; ensuite, il s'était appliqué à s'oublier en acceptant d'écouter ceux qui le sollicitaient pour mille et une raisons.

En se mettant au lit, le soir du vingt et un décembre, sa bouche effleura la photo de Lucie pour la première fois. Ce geste enfantin, depuis longtemps réservé à sa mère, en avait été un de spontanéité pour chercher un peu de réconfort. Tout irait bien au Manitoba. Lucie lui donnerait des explications s'il les lui demandait avec douceur. Il l'entendait encore:

- François, tu es si doux. C'est pour ça que Nancy t'aime. Ne change pas.

Dans l'avion, le voyageur ferma les yeux pour feindre le

sommeil et se préparer le coeur à la réconciliation avec Lucie. Comment cette fille, autrefois pauvre et bègue, pouvait-elle maintenant lui en imposer à ce point? Aujourd'hui, la confiance lui manquait un peu. D'abord, il dirait tout à Julius Bruce et suivrait ses conseils car il était certainement au courant des allées et venues de Lucie, sans compter que Barbara était sa confidente.

Vers midi, il arriva à Winnipeg et monta aussitôt dans l'autobus en route vers le village de Great Falls. Le thermomètre marquait -45°F mais le soleil radieux et les routes excellentes mettaient la joie au coeur des passagers plus bruyants que d'habitude. Passé Beauséjour, François commença à douter du succès de sa démarche et à craindre un accueil froid de la part de Lucie. Elle était imprévisible.

Il avait maigri de dix livres environ depuis que l'inquiétude le rongeait; malgré l'encouragement du médecin lui disant que c'était une fatigue extrême. Lui savait ce qui le tuait lentement. Désespéré, nerveux et inquiet, il avait perdu sa gaieté habituelle et son ardeur au travail; il se sentait seul au monde et ne faisait aucun effort pour se mêler aux autres.

En l'accueillant, les Bruce évitèrent de lui poser des questions et de commenter sur sa mine. Aimant beaucoup Francis, ils s'étaient promis de le gâter à leur façon durant son séjour à Great Falls. Barbara remarqua les rides fraîches au coin des yeux: elle comprit tout le sérieux de l'affaire et désira l'aider. Dire qu'elle avait promis à Lucie de ne pas lui dévoiler le lieu de sa cachette! Retenir sa langue lui était un supplice car elle aurait eu tant de choses à raconter au sujet de Lucie et de Nancy. Francis parlait de son travail, de ses collègues, de la ville de Twin Falls, des Manitobains rencontrés lors d'un colloque à l'université américaine. Les Bruce, à leur tour, énuméraient les familles qui avaient quitté la région et les nouveaux arrivés que Francis rencontrerait le soir même.

Francis serait à la danse! Barbara s'arrêta soudain de parler et d'écouter. Devait-elle avertir Lucie de l'arrivée de Francis? Julius lui avait caché sa venue. Distraite, elle s'impatientait de la description de la joute de hockey qu'avait vue

Francis à Minneapolis. Elle se rapprocha de son mari pour lui faire penser de parler de la venue de Lucie, mais il évita de l'écouter et le temps s'éternisait. Plusieurs fois, elle porta les yeux à sa montre-bracelet et les deux hommes comprirent enfin qu'il se faisait tard. Le visiteur, qui ne demandait pas mieux que de se retrouver seul, se leva poliment et demanda qu'on lui indique sa chambre à coucher.

- Julius, savais-tu que Lucie avait accepté mon invitation pour demain? souffla Barbara en fermant soigneusement la porte du salon.

- Non, fit Julius, d'un air innocent, tu ne me l'avais pas dit.

- Vas-tu avertir Francis? Lucie est arrivée à Winnipeg chez Stella et elle sera ici demain midi.

- Barbara, si on se mêlait de nos affaires et si on laissait faire les choses?

- Moi, si j'étais Francis ou Lucie, j'aimerais savoir.

- Pas moi.

Le lendemain matin, la compagnie donna congé à Julius pour fabriquer les décors de la salle où devait avoir lieu la traditionnelle soirée de Noël. Il accepta l'aide de Francis et avertit ensuite Barbara qu'ils ne seraient pas de retour avant cinq heures parce que les chaises et les tables devaient être transportées de Powerview à Great Falls.

François avait hâte de sortir de la maison. Il avait l'impression que tout son bonheur dépendait de Julius Bruce, cet homme simple et bon qui l'avait invité à passer les fêtes avec lui. Maintenant, il allait lui parler de Lucie. Il éclata de rire en pénétrant dans la salle à la vue des tables bien rangées, décorées de branches de sapin, de chandelles et de fleurs de Noël. Astucieux Julius! Les deux hommes allèrent dans le petit vivoir au fond de la pièce après avoir fermé la porte à clé; ils converseraient en paix pendant tout l'avant-midi; après le lunch préparé par Barbara, ils s'occuperaient du bar mais la tâche serait courte.

- Tu es menteur, Julius Bruce! Qui le croirait? dit François en lui administrant une claque dans le dos.

- Deux fois menteur, Francis. J'ai dit à Barbara que je ne savais pas que Lucie venait ce soir.

François avait pâli et cessé de rire. Il dévisagea Julius.

- Ce soir? Mais que vais-je faire? demanda-t-il avec l'attitude d'un adolescent à sa première rencontre avec une fille.

- Mais, rien. Tu te laisses faire. Ce n'est pas plus compliqué que ça. Arrête de t'énerver.

- Si Lucie me tournait le dos devant les gens qui nous ont vus si heureux l'année dernière?

- Impossible, tu vas la voir au souper. Elle arrive par l'autobus d'une heure.

François était pris de panique. Il ne voulait pas la rencontrer sans savoir d'abord pourquoi elle avait cessé de lui écrire ou de lui parler au téléphone. Il avait droit à un tête-à-tête parce qu'il ne pouvait prévoir sa réaction. Lucie avait du caractère et elle n'était plus la fille à se laisser marcher sur les pieds. D'ailleurs, il en était venu à penser qu'elle avait revu Jean Joly et qu'elle était retournée à son premier amour. Le téléphone sonna soudain; Barbara voulait savoir si elle devait dire à Lucie que François était à la salle et qu'elle le verrait au souper.

- Écoute-moi, Barbara. Tu ne dis rien parce que tu sais rien. Tu m'entends? Si je change mon plan, je t'appelle avant de partir. En attendant, faites-vous belles toutes les deux pour ce soir.

En répétant à François les inquiétudes de sa femme, Julius regarda la figure amaigrie, les yeux cernés et les traces de psoriasis sur la nuque d'un homme humble et démuni, si loin de son indépendance et de sa fierté coutumières.

Julius connaissait tout le drame de Lucie et il était résolu à mettre François au courant de ce qui se passait sans le moindre remords à le faire. Après tout, il n'avait jamais promis à

Lucie de garder ses secrets. Ses confidences lui avaient été dévoilées par Barbara qui ne lui avait jamais imposé le silence sur cette histoire d'amour. Jusqu'à midi, Julius communiqua à son ami ce qu'avait vécu Lucie depuis le mois d'octobre. Quand il cessa de parler, François s'était déjà rendu compte qu'il avait trop à se faire pardonner par une personne aussi droite que Lucie. Elle n'avait rien à se reprocher dans toute cette affaire et la vie l'avait rendue plus grande et plus belle; il serait peut-être impossible d'exiger d'elle autant d'altruisme. Il désira plus que jamais l'entourer de douceur, de tendresse et d'amour. Mais voudra-t-elle encore de lui? Il aura le courage de solliciter d'abord son pardon et attendra quelque temps avant de lui parler d'amour. Oh! comme il désirait Lucie et Nancy!

À cinq heures, les deux hommes s'emmitouflèrent de leur mieux avant de mettre le nez dehors et de franchir la distance d'un demi-mille environ. Le vent soufflait tellement fort qu'ils étaient forcés de courir. Deux fois, François dit à Julius qu'il ne savait quoi dire à Lucie et deux fois, il reçut le même avis de laisser faire les choses.

16

Après le coup de fil, Lucie bondit hors de son lit, se précipita devant la grande fenêtre du salon et y écarta les tentures. Qui devait-elle attendre? Jerry ou Lucien? Jean ou François? Le téléphone sonna une deuxième fois. Anxieuse de savoir qui voulait lui parler à six heures du matin, elle courut décrocher l'appareil. C'était Émilie.

- Lucie, viens vite. Mom is sick.

- Émilie, est-ce toi qui vient d'appeler?

- Oui, but the line was cut.

- Maman est-elle en danger?

- She is bleeding a lot.

- Est-ce que Guy a appelé le docteur?

- J'ai appelé monsieur le curé.

- J'arrive, dit Lucie.

En moins de dix minutes, Julius garait sa voiture en avant de la maison pour conduire Nancy chez lui et Lucie à Powerview. Surexcitée par la révélation des lettres de François, et morte de fatigue après la nuit d'insomnie, la jeune femme ne s'était jamais sentie aussi faible pour voler au secours des autres. Se rendant compte de l'état de Lucie, et déjà au courant de sa nervosité par la remarque de Barbara, Julius offrit de l'attendre aussi longtemps qu'elle le voudrait afin de la ramener à Great Falls. La voiture roulait beaucoup trop vite mais il y avait urgence, et aucune circulation sur la route couverte de gravier.

Émilie se tenait dans un coin de la véranda pour guetter l'arrivée de Lucie; elle courut à sa rencontre en criant:

- Mom a voulu se tuer.

- Allons, Émilie, calme-toi un peu, répliqua la grande soeur en la prenant par la main.

Lucie n'aima pas le regard farouche et les yeux hagards de la fillette beaucoup trop jeune pour être témoin d'une telle tragédie. Julius entra dans la maison pour écouter ce qu'Émilie allait leur raconter. Elle s'exprimait difficilement, répétait les mêmes choses, gesticulait continuellement, et ne parvenait pas à mettre un peu de suite dans ses idées. Guy lui avait crié de téléphoner à monsieur le curé pour lui dire que sa mère était mourante dans la cave. Monsieur le curé avait fait venir l'ambulance et les deux étaient arrivés en même temps. Émilie avait vu sa mère étendue sur la civière; elle l'avait même entendue dire: "Albert, je veux voir Albert".

Sans en écouter davantage, Lucie fouilla dans son sac à main pour y retrouver le numéro de téléphone de son père à Mont-Laurier. S'il prenait l'avion immédiatement, il serait à Powerview en fin de soirée. Il était sept heures et dix, huit heures et dix pour lui, et il était encore à la maison. En un rien de temps, elle entendit la voix grave et lente de son père au bout du fil. Elle le mit au courant du peu qu'elle savait au sujet de sa mère et insista pour qu'il vienne aussitôt. Martha le réclamait. Après une longue hésitation, Albert Lauzon répondit doucement et très lentement:

- J'ai dit "jamais", Lucie. Il n'y a rien pour me faire changer d'idée.

- Mais, pensez aux enfants.

- Lucie, c'est non.

Julius entendit raccrocher l'appareil récepteur et Lucie éclater en larmes. Quand elle revint dans la cuisine, elle ne dit rien de sa conversation avec son père.

À ce moment-là, Émilie montrait le grand couteau à viande qu'elle avait découvert au sous-sol, après le départ de sa mère avec monsieur le curé et Guy. Toute tremblante, elle était restée sous l'effet du choc; ses yeux secs exprimaient encore la tension qui s'était emparée d'elle à la vue de sa mère toute souillée de sang. Elle répéta pour la dixième fois:

- Mom has killed herself.

- Mais non, c'est un accident, dit Lucie. Il faut attendre ce que vont dire les docteurs. Surtout, Émilie, ne répète plus cela, veux-tu? Promets-moi de le dire à personne.

Lucie jeta une couverture chaude sur les épaules d'Émilie et elle l'enveloppa de la tête au pied. La fillette de dix ans n'oubliera pas de sitôt ce qu'elle avait vu. Sa soeur la berçait dans ses bras en baisant le front couvert de sueur et souhaitant qu'elle cesse de trembler pour éclater en sanglots; une crise de larmes soulagerait le jeune coeur qui avait toujours battu d'une façon anormale depuis sa naissance. Le petit corps bougeait continuellement et les lèvres articulaient avec peine d'autres détails du drame.

- Oublie, Émilie, oublie et détends-toi, disait Lucie doucement.

- Tu l'as pas vue toi.

- Oui, je sais, je sais. Mais il faut penser à dormir un peu.

Quelqu'un s'occupe d'elle et tout va aller mieux.

- She was calling for Dad you know?

- Émilie, tu te rends malade. Écoute-moi.

Comme elle aurait aimé lui dire que son père s'en venait et qu'il la prendrait dans ses bras comme autrefois. Pendant que Lucie parlait pour la calmer et l'amener à oublier, la tête de la fillette était remplie de la triste vision. Aucun appel de l'hôpital encore. Julius téléphona mais l'infirmière répondit sèchement qu'elle n'avait rien à communiquer. Les aiguilles de l'horloge s'immobilisaient pour Lucie qui y lisait toujours sept heures et demie. C'est à ce moment qu'elle pensa à prier et à faire prier Émilie. Simples et ferventes, quelques invocations montèrent à ses lèvres, reprises par la petite soeur qui les répéta machinalement d'abord, et ensuite plus lentement, semblant comprendre ce qu'elle disait. Tout à coup, elle poussa un grand cri, jeta ses bras autour du cou de Lucie avec fureur et éclata en sanglots. Le corps frêle battait contre celui de l'adulte qui insistait avec chaleur:

-Pleure, Émilie. Oui, pleure, pleure fort, fort, tant que tu voudras. Pleure encore. Crie si tu veux. Ensuite, je te ferai un bon chocolat chaud comme tu les aimes. C'est à toi que j'ai pensé quand j'ai rempli un sac de gâteries avant de venir ici.

Émilie pleura longtemps, puis les reniflements perdirent leur rythme régulier, les secousses du corps se firent plus douces, les gémissements se turent et les bras desserrèrent leur étreinte. Lucie baigna avec soin le visage ravagé, peigna un peu la chevelure longue et soyeuse, enroula de nouveau la pauvre enfant avec tendresse dans la couverture qui la gardait au chaud et la déposa sur le divan du salon. Quand elle voulut lui faire boire le chocolat, ses paupières étaient closes. Elle venait d'oublier sa mère, Lucie et le chocolat.

Puisqu'il ne restait qu'à attendre les nouvelles de l'hôpital, Julius décida de retourner chez lui; il offrit de garder Nancy aussi longtemps qu'il le faudrait. Dès son départ, Lucie retourna téléphoner à son père, décidée à insister davantage. Elle refusait de croire qu'il pouvait s'entêter à ce point...même devant la mort de sa femme. Il lui sera impossible de lui résister car elle aurait de meilleurs arguments cette fois pour l'amener à oublier le passé. Elle irait même jusqu'à lui dire qu'elle ne remettrait jamais les pieds à Mont-Laurier s'il ne l'écoutait pas.

Le résultat fut le même. Son père ne pardonnerait jamais. Pourtant, il avait aimé Martha pour l'épouser et mettre au monde une famille aussi nombreuse. L'amour pouvait-il s'éteindre complètement? Ne restait-il pas des bribes de cendres pour permettre à un feu de produire quelques étincelles? Installée dans la chaise berçante, Lucie surveillait le sommeil d'Émilie et laissait chavirer sa pensée. Sa mère était beaucoup mieux au dire de Marcel qui avait amené Guy à Great Falls, deux semaines auparavant. Gêné de travailler à Powerview, Guy voulait se détacher de l'ancienne clique et aller retrouver son père à Mont-Laurier.

Marcel était venu contrecarrer ses plans en lui demandant de retarder son départ jusqu'à ce que Ghislaine revienne à la maison. Cette dernière avait quitté l'école de Winnipeg et la soeur Jean-Marie l'encourageait à venir terminer sa dixième année à Powerview. Lucie trouvait l'idée bonne parce que sa mère ne pouvait demeurer seule avec Émilie.

À huit heures et demie environ, le curé Poitras et Guy revinrent avec des nouvelles très rassurantes. À l'hôpital, l'interne s'était empressé de faire des points de suture à une entaille peu profonde. Par mesure de prudence, on garderait Martha Lauzon jusqu'à vendredi parce que des examens sérieux s'imposaient après une tentative de suicide. On respira un peu mieux. Lucie fit du café et débarrassa la table d'une quantité imposante de bouteilles de bière vides.

Guy prit le temps de raconter qu'il avait entendu des gémissements venant de la cave. Il y était descendu aussitôt et c'est là qu'il avait trouvé sa mère étendue sur le plancher, une large entaille au cou et du sang qui coulait et imbibait sa robe de chambre. Il avait crié à Émilie de téléphoner à monsieur le curé parce qu'il devait s'occuper de sa mère en lui mettant une serviette autour du cou pour arrêter le sang de couler. C'est monsieur le curé qui avait téléphoné à son grand ami, le docteur Cornwall de Pine Falls. À ce moment, Lucie parla du refus de son père à venir voir sa femme. En colère, le curé Poitras donna un coup de poing sur la table, se leva en demandant le numéro de téléphone à Lucie. Il l'appellerait à son travail.

- Albert va venir ou je mange ma chemise. Surtout quand il apprendra ce que Martha m'a dit.

Le curé ferma la porte du salon pour parler plus à son aise; pendant ce temps Lucie en profita pour demander à Marcel la raison de toutes ces bouteilles de bière dans la maison. La veille, les deux garçons Parent étaient venus lui demander de les amener avec lui à Mont-Laurier. Guy avait tâché de leur faire comprendre que sa mère était malade et qu'il devait attendre le retour de Ghislaine. Mais ils voulaient une réponse immédiate et Émile avait tellement insisté que Guy n'avait pas pu résister à ses arguments. Il avait décidé de partir avec eux en fin de semaine.

- Je sais que je suis mou, Lucie, et que j'aurais dû tenir mon bout. Mais les deux ne me lâchaient pas. À part ça, on a bu de la bière en masse, on a parlé fort et chanté comme des fous parce qu'on s'en allait au Québec.

Mais Martha avait tout écouté en se collant l'oreille sur la bouche d'air dans le sous-sol. En apprenant que Ghislaine ne venait pas encore et que Guy s'en allait, elle était montée de la cave et avait fait une scène terrible aux trois garçons. Guy avait été humilié devant les deux gars et il avait réagi en lui disant:

- J'ne suis plus un enfant. Je sais ce que je veux. Mind your own business.

Cependant, ne pouvant pas dormir vers trois heures du matin, il avait regretté sa grossièreté à l'égard de sa mère et surtout son manque de parole envers Marcel qui lui avait fait promettre d'attendre Ghislaine. Il s'était levé et avait entrouvert la porte de la chambre à coucher de Martha. La lampe de chevet était encore allumée et elle était assise dans son lit.

- Mom, I'm sorry.

- C'est rien. Va dormir Guy.

Elle avait gentiment caressé la joue du coupable en lui adressant un sourire énigmatique. C'était le premier geste d'affection que Guy, âgé de dix-huit ans, recevait de sa mère. Le regard de Martha était vide et les yeux pleins de sommeil. En la quittant, Guy avait marché à reculons pour la regarder encore car il se sentait mal à l'aise devant cette femme qu'il ne reconnaissait plus. Avait-elle pris trop de somnifères? Lucie commençait à comprendre un peu.

La porte du salon s'ouvrit soudain avec fracas et le curé Poitras, rouge de colère, se laissa tomber en face des deux enfants qui avaient deviné la cause de son mécontentement.

- Votre père a une tête de pioche. Je reconnais plus cet homme.

À cet instant, le téléphone sonna et une voix féminine demanda à parler à l'aîné de la famille. Lucie prit l'appareil récepteur et écouta sans poser une seule question. Elle raccrocha et dit:

- Maman vient de mourir. On fera une enquête car le médecin se demande si la malade n'a pas d'abord songé à s'enlever la vie en avalant du poison. Personne n'ayant pensé à cette éventualité, on avait traité la plaie extérieure sans se préoccuper de faire un lavage d'estomac à Martha. De là à songer qu'elle avait voulu s'empoisonner, il n'y avait qu'un pas.

Le curé Poitras eut le cran de poser un geste exceptionnel. Deux jours plus tard, profitant de l'absence du curé de Pine Falls, il fit transporter le corps de Martha Lauzon dans son église durant la nuit où il dit une messe de funérailles vers quatre heures du matin. Dans la nef, il n'y avait que Lucie, Marcel, Guy, Ghislaine et Francine. Aucun curieux pour rapporter la pauvreté et la simplicité de l'office religieux...

Dès le lendemain, on barricada les portes et les fenêtres de la demeure d'Albert Lauzon. L'habitation était désertée de la vie bruyante qui s'apaisait rarement. Quand ce n'était pas des querelles interminables, c'était une musique infernale.

Le home familier ressemblait à un être humain bâillonné, sans espoir de résurrection.

17

Jean Joly songeait à Lucie plus que jamais en regrettant d'avoir voulu provoquer des explications sur celui qui lui avait fait un enfant. Qui aurait pensé qu'une fille comme elle se serait emportée d'indignation et aurait déguerpi sans le mettre au courant de son départ? Il était accouru au magasin au coup de fil de Georgette qui lui avait remis les bijoux offerts à Lucie. Devant l'absence d'une simple note d'adieu, il n'avait pu taire sa déception.

Le soir de leur dernière rencontre, il l'avait embrassée distraitement, sûr de la voir se jeter à son cou en le suppliant de lui pardonner. Quelle sottise de sa part! En effet, Lucie, victime d'un violeur étranger, n'avait rien à se faire pardonner, et surtout n'avait aucun compte à lui rendre. Qui était-il pour exiger son écrasement? En plus, son père s'était placé entre lui et Lucie! Comme il détestait cet homme depuis sa menace!

Intrigué et curieux de connaître le lieu de la retraite de Lucie, il avait invité Georgette à sortir avec lui, en lui recommandant fortement de n'en souffler mot à personne. S'imaginant qu'il avait le béguin pour elle et comptant jouer toutes ses cartes pour se l'attirer, Georgette ne parlait jamais de Lucie alors que Jean guettait un moment opportun pour s'en informer. En attendant, il multipliait les soirées dansantes au club de Somerset. Après avoir ingurgité plus que sa dose habituelle de bière, Georgette se jetait contre lui chaque fois qu'une répartie comique lui en fournissait le prétexte.

- S'il peut me retenir contre lui, se disait-elle, je saurai s'il m'aime ou pas.

Un dimanche soir, elle essaya la même tactique dans une salle de cinéma. Alors que des séquences comiques secouaient les deux jeunes de rire, Georgette en profitait pour saisir le bras de Jean de façon à laisser croire qu'elle le faisait instinctivement sans se rendre compte qu'elle le touchait. Mais Jean se montrait tellement absorbé par les scènes à l'écran que Georgette sortit du cinéma convaincue de son indifférence envers elle et de sa fidélité à Lucie.

Elle se devait de lui parler de l'absente afin d'en avoir le coeur net sur cet homme froid comme un concombre et aussi indépendant qu'un multi-millionnaire. Toutes les filles du village savaient que les Joly possédaient des terres immenses dans une des régions les plus fertiles de la Montagne et que le père installerait Jean dans une ferme de Baldur. Rien ne l'empêchait de se joindre aux candidates susceptibles d'être choisies car les Guimont roulaient carrosse à Mariapolis. Elle n'était pas à dédaigner, et elle le savait.

- Jean, est-ce que tu penses encore à Lucie? lui demandat-elle à brûle-pourpoint en le reconduisant à la sortie du magasin un avant-midi d'octobre.

- J'ai essayé de l'oublier mais c'est pas facile. Tu sais où elle est, hein?

- Pas maintenant, répondit Georgette en mentant.

- Si je m'informais auprès du curé de Somerset?

- Essaye. On sait jamais.

Mais Jean n'osa pas téléphoner ni se rendre au village voisin. Selon lui, Lucie travaillait quelque part à Winnipeg comme elle en avait souvent exprimé l'intention, et elle reviendrait visiter les Guimont un jour ou l'autre. Il continua donc à rester bien près de Georgette qui pouvait lui servir d'intermédiaire, acceptant ses avances et lui prodiguant ensuite des caresses à mesure qu'il devenait plus familier avec cette fille aux yeux d'une Elizabeth Taylor et aux formes généreuses d'une Sophia Loren.

La magie de son regard l'enveloppait d'un puissant sortilège, même s'il devinait facilement son jeu de fille d'Ève. Chaque fois que les Guimont les laissaient seuls à la maison, leur tête-à-tête se prolongeait tard dans la soirée ou dans le matin du jour suivant, et Jean rentrait à la ferme un peu gêné devant le visage silencieux de sa mère au déjeuner. L'ensorceleuse Georgette qui réussissait toujours à obtenir ce qu'elle voulait, par le seul déploiement de son charme, ne se voyait pas dédaignée par Jean, le don Juan de Mariapolis, qu'elle avait juré d'avoir. Néanmoins, les mois passaient et sa proie demeurait difficile à harponner. Le soir où elle se retira dans sa chambre à coucher pour en sortir revêtue d'un superbe déshabillé de soie noire, Jean échappa au coup de filet plus difficilement. Il aurait aimé explorer le corps blanc et doux de celle dont il apercevait la longue jambe par l'ouverture de la robe, à chaque pas qu'elle faisait en passant devant lui, l'éblouissant quelque peu. Il rentra chez lui plus tôt que d'habitude.

La chaude soirée d'automne retenait le père Joly assis tout près d'un feu mourant, fumant une pipée en attendant son fils qui l'évitait depuis le soir où il s'était opposé à ses fiançailles avec Lucie Lauzon. Il était décidé à passer la nuit dehors plutôt que de manquer la conversation nocturne: c'était moins gênant de se parler dans le noir. Il est vrai que Jean travaillait mieux que jamais; cependant, il parlait à ses parents dans une attitude de dignité qui gênait toute la famille. Autrefois, il racontait le côté piquant de ses sorties, prenait un goûter avec les autres avant d'aller se coucher, et il offrait d'amener sa mère ou sa soeur à Winnipeg quand il devait s'y rendre par affaires; maintenant, aussi distant qu'un homme engagé, il ne suggérait jamais d'idées nouvelles pour garder à la terre sa vigueur et sa fécondité.

Le père avait refusé d'entendre les supplications de sa femme et de sa fille qui avaient intercédé en faveur de Lucie. N'était-il pas normal de défendre l'une des leurs? Elles étaient même allées jusqu'à dire que Lucie était innocente dans toute cette affaire et qu'on devait s'en prendre à celui qui l'avait violée.

- Violée! Violée! Ben des filles disent ça pour sauver la face mais on a tu la preuve? avait-il riposté en se dirigeant à grands pas vers l'étable pour mettre fin à la confrontation.

Heureusement, madame Joly avait su par madame Saint-Hilaire qu'un curé s'était informé de Jean au presbytère de Baldur où elle était ménagère. En le servant à table, elle l'avait entendu dire que Lucie aurait fait une très bonne femme à Jean s'il n'avait pas été aussi soupe au lait. Depuis que Jean fréquentait Georgette Guimont, les parents s'inquiétaient sérieusement de la tournure des événements et comparaient les deux filles.

- C'est pas un bon match, avait dit la mère. Elle est trop dépensière. Georgette a été élevée dans le grand monde, habituée à une servante dans la maison depuis qu'elle est au monde.

Vers onze heures et demie, Jean descendit de sa Dodge, se détourna pour en fermer la portière et feindre d'ignorer la silhouette de son père, dans la chaise de parterre tout près du grand liard.

- Viens icitte, Jean, une menute.

Jean s'approcha à pas lents, un peu engourdi par le dernier scotch qu'il avait bu trop vite.

- T'arrives ben de bonne heure, à soir, as-tu cassé avec Georgette?

- Non. J'suis fatigué, je veux me coucher tout de suite.

- J'peux t'parler une menute? T'sais, j'ai ben réfléchi à la peine que j't'ai faite en te faisant casser avec Lucie. À c't'heure, si tu la veux, j'te dis oui et j't'donne la terre de Baldur. Qu'osque t'en dit?

Si le jeune s'attendait à une telle surprise! Sidéré, il dévisagea son père qui s'était levé et lui avait mis une main sur l'épaule.

- Ta mère pis moé, on s'ra ben contents si tu maries Lucie. Penses-y en tout cas.

Jean était trop ému pour remercier ou dire quoi que ce soit. Se contentant de toucher la main qui reposait encore sur son épaule, il renifla soudain et quitta son père à grandes enjambées pour aller se réfugier dans le salon. Étendu à plat ventre sur la moquette moelleuse, il appuya la tête sur ses bras étendus pour réfléchir à son aise. Deux femmes étaient en lui, l'une belle et riche, l'autre sérieuse et mûrie par la vie. S'il essayait de retrouver Lucie, il perdrait Georgette qu'il commençait à aimer. Ah! si son père lui avait parlé une semaine ou deux plus tôt! De plus, qui lui disait que Lucie voulait encore de lui? Que faire? Revoir Lucie pour lui présenter des excuses et la demander en mariage ou continuer avec Georgette pour tuer le temps et oublier le mariage? Se voyant propriétaire de la belle ferme de Baldur, il se mit à imaginer le bonheur de son indépendance. Deux femmes l'attiraient maintenant.

La voie nouvelle, ouverte trop soudainement, suscitait en lui des souvenirs et des rêves où se mêlaient les visages, les gestes et les voix de Lucie et de Georgette. Il n'entendit pas les pas traînants de son père préparant le café à la cuisine. Quelqu'un le toucha à la cuisse et il sursauta:

- Viens, Jean, viens prendre un café. Ça va te faire du bien.

Quelle bonté dans le ton de l'homme habitué à se coucher tôt! Ce soir, il avait prolongé sa veillée pour lui apprendre qu'il ne s'interposait plus entre lui et Lucie. Le jeune homme regretta sa froideur envers celui qui revenait sur sa parole. S'il pouvait s'humilier à ce point, Jean se devait d'en faire autant.

- Papa, dit-il, j'suis bien content de ce que tu m'as dit. S'il n'est pas trop tard...

- Ben, non. Lucie n'est pas mariée encore. Guimont me l'a dit à matin.

Vers minuit, la lumière brillait encore à la fenêtre des Joly, au-dessus de la table de la cuisine. La mère, la soeur et les deux jeunes frères avaient été éveillés par le bruit des voix, et l'odeur des rôties les avait attirés vers les deux hommes qui causaient à voix haute. Toute la famille était joyeuse de retrouver une mine épanouie sur la figure de Jean et surtout de l'entendre taquiner son père. Dieu! que le climat s'était détendu dans la maison! C'était comme une pluie chaude, douce et continue, qui lave les plantes poussiéreuses et fait relever la tête des fleurs sous la caresse du soleil.

Trois jours plus tard, durant la traite des vaches avant souper, on apprenait par le bulletin des nouvelles régionales à CKSB le suicide de madame Albert Lauzon. Elle laissait dans le deuil un mari et plusieurs enfants. La speakerine énuméra la longue liste d'enfants, mais Jean avait cessé d'écouter. Au nom de Lucie, il avait détourné lentement la tête vers son père qui avait déjà posé sur lui un regard plein de compassion.

L'envoi de fleurs pour la défunte n'avait donné aucune suite, pas même un accusé de réception; la famille Guimont en avait conclu que Lucie n'avait pas encore oublié l'odieuse conduite de Jean. Ce dernier, trop orgueilleux pour s'informer auprès de Georgette de ce qui s'était passé, continua à lui donner d'autres preuves de son attachement. Du moins, c'est ainsi qu'elle jugea son assiduité chaleureuse et son silence persistant au sujet de son premier amour.

En réalité, Jean voulait revoir Lucie et il se disait qu'une petite carte de remerciement lui parviendrait un jour ou l'autre. À la mi-décembre, Jean prenait un repas dans un restaurant de Winnipeg où il aperçut Stella s'avançant vers lui. D'un bond, il fut debout pour s'informer d'elle et de sa famille. Il avait tellement ri quand il était allé avec Lucie et les Saint-Onge assister à une partie de hockey opposant les gars de Powerview aux Indiens de Fort Alexandre, que la jeune femme était demeurée pour lui un être à qui on pouvait tout dire ou tout demander. D'ailleurs, Lucie parlait toujours avec enthousiasme de cette tante dépareillée. Il l'interrogea d'une voix un peu hésitante:

- Et Lucie?

- Lucie sera à Winnipeg vers le 20 décembre. Veux-tu la voir? Viens chez nous.

- Si je veux la voir!

Pendant deux semaines, il avait pensé à cette rencontre qu'il appréhendait mais qui devenait pour lui d'une importance capitale. L'épouserait-il pour prendre possession de la ferme ou parce qu'elle était la femme qu'il aimait? Accepterait-il de laisser tomber Georgette maintenant?

Quand il apprit que la ferme serait sienne et qu'il était libre de choisir l'une ou l'autre, Jean serra la main de son père en disant:

- Merci beaucoup. Vous m'aidez à voir clair car j'ai besoin de toute la lucidité possible pour faire un choix. J'ai changé un peu depuis quelque temps. Vous saviez que je voulais aller à Winnipeg demain pour la rencontrer?

- Essaye de dormir c'te nuitte. Tu t'brasses pas mal dans ton litte, depuis queque temps. En tout cas, embrasse Lucie pour nous autres, en attendant qu'on le fasse au jour de l'An si tu nous l'amènes.

Le jour de la Toussaint, **18** à l'aérogare de Winnipeg, Lucie, Guy, Ghislaine, Émilie et Nancy attendaient l'avion pour s'envoler vers l'Est à l'invitation d'Albert Lauzon. En se jetant dans les bras de Stella une dernière fois, Lucie lui dit:

- J'ai envie de crier tellement je suis malheureuse, mais je dois me contenir et m'occuper de toute une famille qui s'accroche à moi.

- Demande à ton père de prendre la charge de ses enfants et reviens au Manitoba. Tu dois revoir François.

- Jamais, répliqua Lucie, le regard durci.

- Ah! tu es comme ton père.

La riposte de Stella avait frappé Lucie.

- C'est vrai, se dit-elle, en montant les marches de l'escalier conduisant à l'avion. Je suis devenue comme mon père. Incapable de pardonner.

Elle aurait aimé être seule pour méditer sur les derniers événements vécus: le suicide de sa mère et le passé de François. Comme il lui sera difficile d'oublier le père de celle qui portait ses traits et qui parlait si souvent de lui! Nancy, la plus gaie du groupe, irait à une école où elle parlerait en français de sorte que sa mère et François ne lui reprocheraient plus d'employer des mots anglais. Si elle avait entendu sa mère dire aux Bruce de ne révéler à personne — surtout pas à François Ramsay — où elle s'en allait, elle l'aurait interrogée pour savoir ce qui arrivait au monsieur si gentil.

Albert Lauzon, en accueillant les arrivants à Mont-Laurier, fut visiblement heureux de s'entourer de ses quatre enfants. Trop gêné pour extérioriser ses sentiments, il ne parvint pas à cacher son contentement et alla d'un à l'autre pour se remplir les yeux de ceux qu'il avait toujours aimés. Lucie et Guy s'étaient concertés pour oublier le refus catégorique de leur père à répondre aux appels de Martha. D'ailleurs, Albet Lauzon serait arrivé trop tard et il n'aurait pas su quelle tête faire devant les gens de Powerview.

Quand la voiture s'arrêta devant une maison de style canadien et qu'Albert tendit la clef à Lucie, les occupants se jetèrent à l'extérieur oubliant de fermer les portières pour se précipiter vers leur nouveau foyer. Émilie et Nancy arpentaient déjà la longue véranda aux petits poteaux échelonnés sur les trois côtés de la maison. Lucie ne se souvenait plus d'avoir entendu rire son père quand elle vivait avec lui; aussi, quand le son inconnu frappa ses oreilles, elle se redressa et le regarda avec un étonnement mêlé de joie. Albert offrit à son fils d'apprendre le métier d'électricien avec un travailleur de l'hôtel de ville; les deux gamines iraient à l'école et Lucie serait la maîtresse de maison. Quant à Ghislaine, personne ne savait ce qu'elle voulait. À son ton autoritaire et à son regard en dessous, le père reconnut une adolescente révoltée contre l'autorité, peut-être contre la vie... Il se promit de l'aimer d'avantage et de lui donner plus de chance s'il en avait la possibilité.

Après quelques jours, Lucie se félicita du plan qu'elle avait conçu de rassembler autour du père des enfants trop jeunes pour se débrouiller; elle s'attendait même à la venue de Marcel et de Francine à la fin de l'année scolaire. Non seulement la vie était bonne pour tout le monde au foyer, mais les enfants d'Albert Lauzon recevaient des invitations à droite et à gauche. Guy jouait au hockey avec une équipe de la ville et il se rendait fidèlement aux classes d'entraînement. Personne n'aurait pu voir en lui l'ex-délinquant de Portage que l'on montrait du doigt dans Powerview. La voisine, voyant Ghislaine entrer et sortir de la maison à toute heure du jour, lui avait demandé de l'aider à son salon de coiffure; en retour, elle lui enseignait quelques trucs du métier et l'encourageait à s'inscrire à une école dès qu'elle aurait ses dix-sept ans. Albert s'épanouissait au milieu d'une famille du genre qu'il avait toujours souhaité. Un jour, Guy lança l'idée d'inviter tous les Lauzon à Mont-Laurier au cours de l'été; on s'excita et souhaita fermement voir lequel avait le plus changé.

Lucie partageait moins l'enthousiasme de Guy après quelques semaines. Seule avec ses pensées, au début de chaque matinée, elle se versait une seconde tasse de café pour songer à son aise devant la fenêtre ensoleillée et l'immense fougère qu'elle avait reçue le jour de son anniversaire de naissance. Elle avait maintenant vingt-quatre ans. Certains jours, elle demandait autre chose à la vie que la routine journalière d'une bonne à tout faire. La petite maison de Great Falls était moins moderne que celle de Mont-Laurier mais elle y avait été tellement heureuse qu'elle aurait aimé la revoir. Du haut de la véranda que François avait construite pour elle, elle pouvait admirer la jeune rivière Winnipeg qui bondissait comme une bête fauve au-dessus des chutes argentées.

François... François à qui elle ne pardonnait pas. Que de fois, elle s'était fâchée en pensant à son père qui s'entêtait à ne pas revenir à Powerview. Cependant, depuis la remarque juste de Stella au sujet de son comportement envers François, elle se sentait coupable. Des mots avaient pris racine en elle: "Tu es comme ton père". Son père...trop faible pour pardonner puisque pardonner exige une certaine force d'âme. Elle avait donc oublié ce qu'elle s'était maintes fois répété... Celui qui pardonne, disait-elle, a le plus beau rôle devant celui qui a eu une faiblesse et est déjà humilié dans sa quête de l'oubli auprès de l'offensé. S'il est difficile de pardonner, c'est donc que le pardon exige un altruisme qui transcende l'humain.

Comme Albert Lauzon aurait été noble et grand s'il était revenu à Powerview pour se réconcilier avec Martha! Mais Lucie avait demandé à son père ce qu'elle ne pouvait pas faire elle-même; pardonner à François Ramsay sa conduite ignoble. Peu à peu, elle en vint à avoir un peu honte de sa fuite et de sa vengeance. N'était-elle pas plus faible que son père? Il avait quitté sa femme mais il avait donné son adresse et toujours envoyé de l'argent à la maison pour que Martha et les enfants ne manquent de rien. Quant à elle, en plus de fuir François et de le laisser ignorer le lieu de sa demeure, elle gardait pour elle seule Nancy qui appartenait aux deux. Pour obtenir une plus grande force de caractère, elle pria le Seigneur de l'aider à relever le défi.

Un dimanche après-midi, alors qu'elle était seule à la maison, elle composa le numéro de téléphone de François à Twin Falls. Une femme ayant un accent français lui apprit qu'il rentrerait tard mais elle insista avec beaucoup de gentillesse pour qu'elle laisse un message. Lucie fut terriblement déçue de constater que François habitait avec une femme. Elle regretta amèrement sa démarche car elle aurait préféré continuer à croire que François vivait seul et qu'aucune femme ne l'avait remplacée. Elle le croyait malheureux et cela lui faisait un peu de bien; maintenant, elle était attristée de le savoir heureux. Et la honte de nourrir de tels sentiments l'empêchait quelquefois de dormir.

Les repas étaient moins gais depuis qu'une peine, inconnue des autres, corrodait le coeur de la grande soeur. Plus perspicace que son père, Guy proposa quelques sorties à Lucie; il alla avec elle à Montréal pour visiter René et sa femme; au cours de ce voyage, il usa de quelques remarques délicates pour amener Lucie à parler un peu de ce qui la tourmentait. Hélas! Lucie était trop fière pour avouer qu'elle s'était trompée en aimant un homme aussi léger que François. Où était donc la profondeur des sentiments de celui qui l'avait déjà oubliée après trois mois?

Le pardon qu'elle avait considéré quelque temps lui apparut impossible à exercer. Entre elle et François Ramsay, tout était fini. Elle acceptait d'être comme son père: une personne qui ne pardonne jamais une offense quand elle en a pris la décision. Pourtant, elle se rendait compte qu'elle cultivait une vilaine tendance et certains jours elle avait peur de ce qu'elle deviendrait si le pardon ne venait jamais adoucir son coeur à la vue des faiblesses humaines. Lucie fit un retour en arrière et elle se rappela avec quelle facilité elle pardonnait autrefois les torts, les sarcasmes, les insultes des gens de Powerview; madame Dépôt lui avait dit qu'elle n'avait pas de coeur parce qu'elle oubliait trop vite. Par contre, la soeur Jeanne Mance n'était pas de cet avis; elle avait avoué à Lucie, qui lui avait parlé de François dans une lettre, qu'elle admirait les personnes capables de pardon. Elle-même, quand elle refusait de pardonner les gaffes de certaines religieuses, elle reconnaissait là une faiblesse de caractère.

Un jour, Lucie osa parler de sa mère à son père:

- Papa, puis-je savoir pourquoi tu n'as jamais pardonné à maman?

- C'est parce que j'avais laissé la rancoeur se répandre en moi comme des cellules cancéreuses et que j'étais devenu trop faible pour réagir. Plus tu attends, plus c'est difficile. Au lieu d'un cancer généralisé, tu as en toi une amertume généralisée.

Frappée par le changement qui s'était opéré dans l'âme de cet homme qui avait tant souffert, elle lui raconta tout ce qu'elle avait appris dans les lettres de François à son père. Assise près de lui sur le divan du salon, Lucie termina son récit en se jetant dans ses bras et en pleurant comme au jour où il l'avait consolée du malheur d'être mère. Albert Lauzon était muet et pleurait avec sa fille préférée.

- Que ferais-tu, toi papa? demanda Lucie en le serrant par le cou.

- J'sais pas Lucie. C'est ton affaire. Cherche la réponse en toi. Je peux te dire une chose. Moi, j'me suis trompé en m'entêtant comme je l'ai fait. Quand Martha est revenue de Vancouver, elle était malade; et j'aurais dû être là pour lui donner une chance de recommencer.

La comparaison de la rancoeur à un cancer, qui se répand dans le corps, agit sur Lucie. Elle décida de téléphoner de nouveau à François. En appelant tôt le matin, elle saurait si une femme avait passé la nuit avec lui; dans ce cas, elle abandonnerait définitivement le désir de se réconcilier. Le téléphone sonna longtemps. Aucune réponse. À l'heure du souper, elle tenta une autre fois de lui parler. Toujours rien. Vers onze heures du soir, François était à l'appareil. Elle raccrocha à la hâte, troublée au timbre de la voix douce, mais surtout parce qu'elle avait vu surgir les cinq lettres inoubliables qu'elle pouvait dicter de mémoire. Dans son lit, la tête couverte pour pleurer un peu, elle entendit résonner la voix qui disait: "Il faut une grande âme pour pardonner". Non, elle n'aurait jamais cette magnanimité et elle acceptait la fragilité de son être.

Par quelle ironie du sort, trois jours plus tard, dut-elle subir un sermon au moment où sa conscience la tiraillait le plus? À la paroisse des Saints-Anges, le jeune vicaire avait dit dans son homélie:

- Cette personne à qui vous refusez le pardon, le Seigneur l'aime autant que vous. Qu'elle soit la lie de la société, elle est tout aussi précieuse à Ses yeux. Qui êtes-vous pour vous ériger en juge et pour condamner?

Au cours de la semaine, Lucie tenta d'écrire à François mais elle abandonna son projet à la vue de la feuille blanche étalée devant elle; par où commencer pour lui dire qu'elle savait tout; qu'elle l'aimait et qu'elle ne voulait pas l'aimer. Ne valait-il pas mieux le garder dans l'ignorance et lui pardonner si l'occasion se présentait plus tard?

- Tiens, je juge et je veux punir, se dit-elle aussitôt.

Un après-midi, elle se présenta au presbytère pour remettre les honoraires d'une messe à l'intention de sa mère défunte. Étant donné que le vicaire lui était fort sympathique, elle accepta l'invitation de s'asseoir pour bavarder un peu des Lauzon nouvellement établis dans la paroisse. Il avait le temps de l'écouter car il ne regarda pas sa montre une seule fois au cours des deux heures que dura l'entretien. Lucie lui dit à quel point son sermon du dimanche précédent l'avait bouleversée et les raisons de son refus de pardonner à un être qu'elle aimait et détestait. Il lui répliqua qu'elle avait du gros bon sens parce que l'erreur de cet homme avait été grave; il alla même jusqu'à lui dire qu'il en ferait tout autant s'il était à sa place.

Lucie fut déçue d'une telle déclaration car elle s'attendait à ce que le ministre de la religion lui serve une semonce comme celle du curé Poitras avant son départ pour Mont-Laurier. Y a-t-il deux religions maintenant? La charité n'était-elle pas le pivot de l'Église catholique? Est-ce que la Bible ne demandait pas de pardonner septante fois sept fois? Au lieu de gagner un appui qui l'aurait aidée, elle était en face d'un prêtre qui encourageait son ressentiment. Après un court silence, le vicaire la regarda droit dans les yeux, et il lui dit lentement en souriant:

- Non, vous ne pouvez pas pardonner...

- Mais...

- Non, vous ne pouvez pas pardonner, mais le Seigneur en vous peut le faire. Demandez-Lui de le faire pour vous car il vous faut beaucoup de force et vous êtes trop faible pour ce genre d'héroïsme.

Lucie quitta le presbytère, soulagée et heureuse, souhaitant revoir François pour écouter ses explications et ses regrets. Car il devait lui demander pardon si elle le revoyait ou lui parlait au téléphone.

Plus tard, quand Barbara l'invita pour la fête de Noël, elle accepta d'y aller dans le but de s'informer de François.

19

Encouragée par son père à accepter la pressante invitation de Barbara Bruce, Lucie se sentit rajeunie à la pensée de voyager seule, de flâner dans les aérogares, et surtout de rencontrer des personnes de son âge. Un élan la poussait à s'enrichir de nouvelles connaissances depuis que la maisonnée vivait en harmonie à Mont-Laurier.

La jeune femme rêvait à la maison de Great Falls où elle avait vécu une amitié dont les meilleurs moments avaient été consignés avec beaucoup de précision dans son journal intime. Elle avait lu et relu les dernières pages et déploré le fait qu'une si belle histoire d'amour eût été sans lendemain. Depuis son départ du Manitoba, Lucie avait cessé d'écrire parce qu'une douleur lancinante persistait à la blesser.

Arrivée à Winnipeg le 22 décembre, elle fut l'objet des élans chaleureux de Stella, si anxieuse d'être au fait de ses relations épistolaires avec François et de lui annoncer les intentions de Jean. Hélas! Les réponses évasives de l'arrivante jetèrent le doute dans l'esprit de la marraine. Enfin! Qui aimait-elle? François ou Jean? Les deux? Demeurerait-elle à Mont-Laurier et abandonnerait-elle l'idée d'un vrai mariage? Intriguée par l'attitude de Lucie, Stella s'informa alors du sort des Lauzon.

Après la formation du petit îlot au Québec, les nouvelles des absents y avaient convergé assez régulièrement. Si Marcel et Francine étaient fidèles à leur détermination d'aller vivre au Québec, cela porterait à six le nombre d'enfants réunis autour d'Albert Lauzon.

- Tu vois, Lucie, toi seule pouvais regrouper tes frères et soeurs et tu as réussi ce tour de force. Maintenant, tu devrais abandonner une couvée qui n'a plus besoin de toi.

- Ma tante!

- Oui. Oui. Tu devrais le faire. Aimerais-tu te remarier?

- Je ne sais plus...

- As-tu regretté ton mariage avec Édouard Ramsay? Il y a si longtemps que cette question me brûle les lèvres.

- Jamais! Il a été si patient envers moi qui pouvais à peine parler et qui étais même trop nerveuse pour l'aider dans la maison. Tu ne peux imaginer les ressources de bonté contenues dans le coeur de cet homme. Un jour, je t'en dirai davantage.

- Où est Lucien?

- Il est sorti de prison et il travaille à Thompson avec Jerry.

- T'ont-ils donné beaucoup d'ennuis?

- Pas après avoir appris que ma maison était sous la surveillance de la police. J'aimerais essayer de soustraire Lucien à l'influence de Jerry.

- Et Mildred?

- Mildred ne s'ennuie de personne. Elle n'écrit jamais...

probablement à cause de son métier.

- Quel métier?

- Le pire.

- J'ai compris, ajouta Stella.

Au terminus de l'autobus, Stella rappela à Lucie que Jean la visiterait le 27 à Saint-Boniface, lui souhaita trois jours de gaieté à Great Falls et alle ajouta:

- Plus de doute, Lucie. C'est une demande en mariage qui t'attend.

À cet instant, une sensation de plaisir sensuel vint la tourmenter. Elle désira ardemment l'étreinte de Jean dont les lèvres passionnées avaient brûlé les siennes avec tant d'ardeur. Hélas! elle se souvint aussi que le même amoureux l'avait traitée avec un certain mépris.

Dans l'autobus, les passagers étaient chargés de colis enrubannés ou de sacs de voyage remplis de présents de Noël. Une atmosphère de joyeuse détente remuait la foule. Lucie avait hâte de se trouver un siège; elle se plaisait à laisser son imagination errer dans l'hier et le demain. Avant de revoir Jean, elle évaluerait avec beaucoup de soin ce qui restait d'une aventure trop tôt étouffée. Malheureusement, elle ne parvint pas à ressusciter la personne de Jean: François remplissait l'écran du rêve qu'elle voulait provoquer, en dépit de ses efforts pour substituer une image à celle qu'elle repoussait. Où était François? L'avait-il oubliée en cette veille de Noël?

À Great Falls, la joie de Barbara se dilua de façon magique au nom de François Ramsay.

- As-tu de ses nouvelles? demanda la visiteuse, résolue à mettre fin au mystère qui planait.

- Mais oui, fit l'autre. Il téléphone et écrit régulièrement à Julius. Oh! viens vite voir la courtepointe que tu m'as demandé de te faire.

Mais la courtepointe pouvait aller au diable au moment

où Lucie voulait qu'on lui dise si François était déjà marié ou si une autre femme le retenait depuis son installation à Twin Falls. Elle se leva, visiblement contrariée par le faux-fuyant. Dire qu'elle avait fait un long trajet dans l'espoir de voir les Bruce jeter un peu de lumière sur le fils de son défunt mari et le père de Nancy.

Lucie se donna un air froid. Elle venait de décider d'écourter son séjour à Great Falls. Puisque Barbara faisait la cachottière, elle la tiendrait à distance en entretenant la gêne entre les deux. Elle examina distraitement la couverture de lit sans même lever les yeux sur l'artisane du chef-d'oeuvre; elle lui compta ensuite cinquante dollars d'un geste nerveux et murmura un merci d'un ton faible. La dérobade de son amie intime la révoltait.

De son côté, Barbara souffrait de mener le stratagème inventé par son mari. La ruse, étrangère à sa nature franche et spontanée, lui imposait une attitude artificielle; elle résistait mal à la démangeaison de tout avouer pour calmer son impatience de faire plaisir.

- Julius veut te parler lui-même de François. Il doit rentrer d'ici quelques minutes, dit-elle pour calmer la fièvre de l'autre.

Si Lucie avait mieux observé les yeux de Barbara, leur teinte d'espièglerie l'aurait intriguée un peu et elle aurait soupçonné quelque chose; au contraire, elle avait feint de ne rien entendre et cela confirmait le doute qui persistait en elle.

De retour au salon, Barbara en profita pour mieux observer Lucie, fort attirante dans une robe de lainage grenat qui soulignait le velouté de son épiderme. Lucie était devenue une femme qui ne passait plus inaperçue depuis qu'elle alliait la distinction à la féminité, la beauté à l'élégance.

En croisant et décroisant des jambes longues et bien moulées, ses fins doigts traçaient le contour des fleurs imprimées sur le tissu du fauteuil. Ses lèvres tremblotaient un peu et ses cils battaient l'air plus souvent. Allait-elle pleurer? Par malheur, la gêne et la méfiance s'étaient installées entre les amies. Pendant ce temps, une bourrasque, gênée et outrée de la résistance des fenêtres, les attaquait avec plus de rage et de force. Soudain, Barbara entendit un murmure de voix et une avalanche de coups de pieds sur le perron. Ouf! Il était temps... Elle se précipita vers la cuisine et ouvrit la porte à Julius qui parlait à tue-tête du froid de loup et de l'amoncellement de la neige dans le sentier déblayé la veille.

- Sale pays! annonça-t-il. Si nos ancêtres l'avaient laissé aux sauvages, on se chaufferait la couenne en Californie.

Au cours de ce commentaire, il interrogea sa femme d'un signe de tête. Dès que François eut compris où se trouvait Lucie, il se dirigea vers le salon d'un pas ferme. En l'apercevant, Lucie se leva lentement, faillit chanceler sous l'effet de la surprise, mais ne dit pas un mot. François, debout devant elle, s'interrogeait encore sur les propos à tenir. Il était visiblement penaud et maladroit. Souriant avec timidité, il tendit les deux bras; Lucie s'avança lentement vers lui. C'est François qui parla le premier quand ils furent joue contre joue:

- Lucie, plus ton silence se prolongeait, plus la volonté de découvrir le motif de ta fuite me tenaillait jour et nuit. Tu as toutes les raisons au monde de m'en vouloir. Pourquoi ne m'as-tu pas écrit pour m'adresser les reproches que je méritais? J'aurais préféré ta colère à ton silence... En ce moment, j'ai l'intuition que le pardon est entré dans ce coeur qui bat aussi fort que le mien. Est-ce que je me trompe?

- François, tu aurais dû me parler de ces choses sérieuses l'an passé. Un aveu de ta part aurait été moins brutal que la lecture de tes lettres.

- N'allons pas à la danse ce soir. Allons à la messe de minuit plutôt, et nous parlerons longuement avant et après la messe.

- À Powerview?

- Si tu veux.

191

Les Bruce auraient été heureux d'accompagner leurs amis à la danse, mais ils comprirent l'importance d'un tête-à-tête. Au souper, quatre verres se levèrent à la joie des retrouvailles. Barbara jura de ne jamais se prêter à un autre jeu comme celui qui avait tant bouleversé Lucie; mais cette dernière la rassura en lui disant qu'elle aurait été encore plus bouleversée d'apprendre que François et elle allaient se rencontrer chez les Bruce. Le hasard les avait bien servis et ils étaient heureux du tour de Julius.

Vers cinq heures du matin, Lucie et François causaient encore dans le salon. Avec sincérité et beaucoup de doigté, on avait raconté un peu de son passé ou interrogé l'autre sur ses attentes. La voix féminine qui avait répondu à Lucie était celle de l'épouse de Jean-Marc Côté, un grand ami de François en visite aux États-Unis. La demande en mariage n'avait pas été acceptée.

- Il me faut quelques jours de réflexion, avait répliqué Lucie. Je dois rencontrer Jean le 27 décembre; ensuite, je saurai à quoi m'en tenir.

- Alors, rentrons à Winnipeg dès demain. Tu y verras Jean et j'attendrai ta réponse.

20

Il faisait bon et doux sous les couvertures chaudes, alors que le soleil "bonjourait" Lucie par l'immense fenêtre décorée de neige folle. Les automobiles roulaient doucement dans la poudre blanche qui amortissait leur passage.

Lucie s'étira en geignant un peu, s'assit dans le lit où le miroir d'en face lui renvoya son image et celle de la murale qui représentait une vue du lac Louise. Hésitant à reprendre le courant de ses pensées, elle examina les formes et les couleurs fixées par l'oncle Paul dans la chambre bleue des visiteurs. Ensuite, elle passa un peignoir rouge vin, chaussa des pantoufles en suède noir, donna quelques coups de brosse à sa chevelure et descendit à la cuisine. Sur la table, une note de sa marraine l'avertissait de sa sortie avec les enfants.

- Chère tante, elle a voulu me laisser seule pour rencontrer Jean.

Chacun de ses gestes fonctionnait au ralenti. Redoutait-elle de rencontrer le premier garçon qui l'avait aimée? Elle ne savait plus... Sous le jet caressant de la douche, Lucie admira la perfection de son corps. Un sursaut de dignité ou de dégoût lui fit relever la tête. Tenant les mains derrière son cou, elle laissa l'eau tiède couler le long de son dos, se retourna pour offrir ses seins, son ventre et ses cuisses à la bienfaisante source. Elle s'immobilisa pour mieux songer.

- Il faudra que j'accepte de me laisser posséder, dit-elle à haute voix. Jean ou François...

Deux hommes si différents l'un de l'autre! Deux hommes qui l'avaient blessée si profondément! Heureusement, le temps avait balayé son coeur de tout ressentiment. À Jean, elle pardonnait d'avoir refusé Nancy; à François de lui avoir fait Nancy.

Après déjeuner, en attendant la venue de Jean, elle s'empara d'un carnet de notes et se mit à tracer des mots avec la rapidité d'un élève qui répond de mémoire à une question d'examen. Le téléphone sonna. C'était François lui rappelant son invitation du vingt-neuf décembre.

- Ce sera une soirée magnifique, tu verras. J'ai fait des réservations dans un restaurant où nous aurons tout le temps voulu pour parler de "tes" choses sérieuses parce que moi je n'ai plus de secret sur la conscience. J'ai hâte, Lucie. Tu ne sais pas à quel point je t'aime. Je t'ai aimée dès que tu as levé les yeux sur moi. Tu te souviens! Ces jours de réflexion que tu exiges, je les trouve trop longs. Je t'appelle pour que tu saches que je suis bien près de toi et surtout pour que tu ne m'oublies pas.

- Comment t'oublier, François?

- Merci de me le dire ce matin avec un tel accent! Tu es la franchise même et ta simplicité à exprimer ce que tu ressens te rend doublement précieuse. Tu permets que je te téléphone après la visite de Jean?

194

- Oui, dit Lucie, tout doucement.

Après avoir fermé le téléphone, elle appuya la tête contre le dossier du large fauteuil et ferma les yeux pour réentendre les mots qui l'avaient soûlée de bonheur la veille de Noël. Après quelques minutes, elle reprit nonchalamment le carnet de notes pour en déchirer les pages noircies. À quoi bon énumérer les traits caractéristiques de Jean et de François? À quoi bon les comparer et tenter de faire le meilleur choix? D'ailleurs, plus elle s'appliquait à donner de bons points à son premier amour, plus son coeur chantonnait allégrement à l'évocation du père de Nancy. Elle aimait François Ramsay.

Elle se laissa bercer par la voix chaude qu'elle venait d'entendre au téléphone et qui l'engourdissait au rythme des flocons excités atterrissant sur le bord de la fenêtre du salon. Elle reverrait François, le vingt-neuf décembre au soir! D'une main fébrile, elle commença à rédiger une lettre à celui qui devait arriver d'un moment à l'autre.

le 27 décembre

Cher Jean,

J'aurais aimé te revoir il y a quelques mois...si tu t'étais présenté. Maintenant, il est beaucoup trop tard.

En te disant adieu, je te souhaite de mieux accepter les personnes qui, plus que d'autres, ont besoin d'amour et de compréhension.

Jean, tu as trop hésité à pardonner "ma" faute. Je ne t'en veux pas. Juger est facile, et pardonner si difficile! Depuis Noël, je me sens assez forte pour tourner la dernière page d'un passé que j'ai commencé à oublier. La vie que je sens monter en moi, je la vis passionnément, résolue plus que jamais à la communiquer aux autres.

Je suis heureuse! Très heureuse! Je te remercie d'avoir demandé du temps pour réfléchir. Pour ton désir de me revoir et de me parler d'amour, je te remercie aussi.

Je garde de toi le meilleur souvenir.

Lucie

Une fois la lettre collée à la vitre de la porte extérieure, Lucie rentra précipitamment: une voiture venait de s'engager dans le paysage tout blanc. Vêtu d'un anorak noir et d'une tuque verte, Jean descendit de sa voiture et marcha à grands pas vers la maison.

- Une tuque! s'exclama Lucie. Et des grosses bottes! Comme il a engraissé!

Elle le vit prendre la note et demeurer quelque temps dans la véranda après en avoir terminé la lecture. Aucun désir de lui ouvrir la porte et de lui parler ne vint à son esprit. Jean était là comme un étranger et elle ne ressentait rien pour cet homme qu'elle avait rêvé d'épouser quand elle vivait à Mariapolis. Avant de remonter dans sa voiture, Jean examina scrupuleusement la maison des Saint-Onge. Se doutait-il de la présence de Lucie derrière les rideaux de dentelle? Au volant, il relut encore la note avant de faire démarrer sa voiture. À cet instant, Lucie éprouva une paix immense et une étonnante liberté de coeur. Non, elle ne pouvait se tromper. Elle éclata de rire en songeant au détail insignifiant qu'elle avait noté dans l'habillement de Jean. Une tuque! Elle qui avait toujours détesté les tuques! Elle se demanda comment on pouvait, en si peu de temps, puiser une telle certitude au fond de son coeur.

- On peut tomber en amour subitement, murmura-t-elle, mais on peut guérir tout aussi subitement. Maintenant, je sais ce que je veux.

Elle composa le numéro de téléphone de François et une voix demanda:

- C'est toi, Lucie?

- Comment as-tu deviné?

- Mon intuition. As-tu vu Jean?

- Écoute, François, j'ai assez réfléchi. Que dis-tu d'un rendez-vous ce soir?

196

- Magnifique! Je suis chez les Saint-Onge dès sept heures.

La famille Saint-Onge n'était pas encore de retour quand Lucie sortit de sa chambre à coucher vêtue d'une robe de velours noir. Le décolleté était un peu osé mais on remarquerait davantage le teint frais et rosé, le regard flamboyant et la démarche sautillante.

- Madame ma mère, est ravissante, lui dit François en l'embrassant.

Pendant que les mains douces de François caressaient les épaules et les bras nus, Lucie appuya la tête contre sa poitrine avec une ardeur inconnue. Elle demeurait immobile, savourant avec volupté chaque seconde de la chaude accolade.

- Donne-moi tes lèvres, murmura François.

Le baiser fut suivi d'un long silence. Le menton appuyé sur la tête blonde de Lucie, François resserra son étreinte et articula tout doucement:

- Tu veux bien être ma femme?

- À une condition.

- Laquelle? dit François un peu vite.

- Que tu adoptes Nancy...

Lucie se vit soulevée de terre par des bras puissants et protecteurs, actionnés par un consentement délirant. François la coucha sur le divan capitonné et il s'agenouilla tout près d'elle. Sa figure, porteuse d'un large sourire, s'était blottie dans le creux de l'épaule de Lucie pour dire:

- Notre Nancy! Oh! merci, merci d'être revenue à Great Falls. Merci surtout de ne pas avoir abandonné Nancy. Je l'ai sentie mienne dès la première rencontre. Lucie, tu seras heureuse avec moi, je te le jure.

Lucie jouait dans la chevelure de François ou lui caressait les joues avec des mains qui exprimaient une pleine satisfaction. Se pouvait-il que tant de bonheur lui arrivât maintenant? Soudain, une inquiétude vint l'effleurer. François vit les ailes du nez frémir quand elle lui demanda de la reprendre dans ses bras. Lucie sentait le besoin de se faire toute petite pour avouer autre chose en le regardant droit dans les yeux:

- François, je n'aurai pas d'autres enfants.

Le tout fut dit dans un seul souffle, comme lorsqu'elle avait avoué à Jean qu'elle était mère. Maintenant, elle attendait et elle avait peur, très peur de la réponse de François. Ne voulait-il pas avoir trois ou quatre enfants?

L'homme avait sursauté car il ne s'attendait pas à une telle éventualité. Surtout au moment où il pensait déjà donner un petit frère à Nancy. Néanmoins, il réussit assez bien à cacher sa déception devant la mine piteuse qui s'emparait de la figure de Lucie. Ses bras se firent plus enveloppants autour des frêles épaules quand il demanda:

- Y a-t-il d'autres secrets derrière ce front que je veux garder le plus longtemps possible exempt de tout souci?

- Non.

- Alors, mon amour, ne t'inquiète plus. D'ici quelques mois notre famille sera au complet et le bonheur d'être réunis va nous occuper pendant quelques années.

La cérémonie du mariage eut lieu un soir de mai dans la modeste chapelle de Great Falls, présidée par le curé

ÉPILOGUE

Poitras qui regretta quelque peu la pompe qu'aurait déployée la soeur Alphonsine. Les Lauzon — à l'exception de Lucien et de Mildred — les Saint-Onge, les Bruce, les Guimont et la soeur Jeanne Mance étaient venus participer à l'enchantement de Lucie et de François. Tous savaient que Lucie épousait le fils d'Édouard Ramsay mais ils ignoraient qu'elle épousait en même temps le père de Nancy, à part Albert Lauzon et les Bruce.

La fête se déroula derrière la petite maison blanche, dans le patio bordé de lilas en fleurs. Hélas! un événement vint bouleverser la noce. En pleine euphorie, on ne s'était pas rendu compte de l'absence d'Émilie: quand les invités se groupèrent à l'arrivée du photographe, Nancy s'était écriée:

- Émilie s'est noyée!!

- La soeur Jeanne Mance s'était précipitée la première pour dévaler la pente conduisant à la rivière. Sans se soucier de sa tenue "en premier" elle allait sur le terrain dangereux qui était trop en déclive et parmi les arbustes épineux qui l'attaquaient en lui barrant la route. Tant de fois, elle avait exploré la rive de cette traîtresse qui tuait ceux qui lui faisaient trop confiance. Les hommes Lauzon s'étaient déjà dévêtus et s'apprêtaient à faire des plongeons et des pirouettes au fond de l'eau; les femmes et les enfants pénétraient dans les bosquets adjacents en écartant les branches menaçantes pour les bras et les robes de soie.

Le curé Poitras suggéra aux mariés d'aller voir dans la maison et, les mains en porte-voix, il commença à crier le nom d'Émilie à la rivière, à la sente et même au ciel. Selon Lucie, Émilie connaissait trop bien la rivière Winnipeg pour y être descendue seule. Elle explora donc avec attention les pièces de la maison et elle descendit au sous-sol, accompagnée de François aussi alarmé qu'elle. Une si belle journée ne devait pas se clore par une tragédie.

Malheureusement, on ne trouva aucune trace du passage d'Émilie dans la maison, sauf son petit sac à main déposé sur la table de la salle à manger. Silencieux, Lucie et François ne savaient où orienter leurs recherches. Un sanglot étouffé les délivra de leur angoisse. Cela venait du salon. Hélas! on ne trouva personne quand on retourna pour vérifier une fois de plus, derrière la porte et les meubles, si Émilie s'y trouvait. Pourtant, on n'avait pas rêvé...

En se dirigeant vers la sortie, Lucie souleva la tenture de la fenêtre. Debout, la figure ravagée par les pleurs, et les cheveux défaits, Émilie pressait ses mains sur sa poitrine. Sûrement, son coeur battait à se rompre et elle s'inquiétait de l'énervement qu'elle avait causé. En apercevant la figure de Lucie penchée vers elle, elle lui sauta au cou avec une telle violence que la mariée serait tombée à genoux sans le geste de François pour la retenir.

- Amène-moi, Lucie. Amène-moi. François te prend et il n'a pas le droit de faire ça. C'est toi ma mère.

Lucie, en tenant enlacée "sa" fille, regrettait d'avoir à l'abandonner. Elle avait prévu le choc de la séparation et la détresse d'Émilie. Elle essayait de cacher les larmes qui tombaient dru et vite sur la robe de soie vert pâle. Le corps d'Émilie tremblait autant que la nuit où Martha Lauzon s'était suicidée. Elle lui promit de l'inviter à Winnipeg durant les congés scolaires mais Émilie pleurait davantage et la serrait à l'étouffer.

C'est alors que François se pencha et murmura à l'oreille de Lucie:

- Si on l'adoptait pour donner une petite soeur à Nancy?

- Tu ferais cela?

- À une condition...

- Laquelle?

- Que l'on adopte un petit garçon plus tard. Tu comprends, je me sentirais moins seul.

Publications des Éditions des Plaines